KB008633

직업 전선

직뜨오

교진

송승언 지음   가마꾼부터 저자까지

봄날의책

서문

『직업 전선』은 과거, 현재, 미래를 막론하고 노동 현장에서
꿈꾸듯이 일하고 있는 이상한 사람들이 쓴 수기 모음입니다.

시인의 성정을 타고났으되 시인이 되지 못한/않은 사람들이
있습니다. 가정환경 때문에, 진로 결정을 하다 보니,
공부에 취미가 없어서(물론 시인들도 공부는 안 합니다만),
시인이 하찮아 보여서, 등단을 시켜주지 않아서(개같은
등단 제도), 그냥 사는 대로 살다 보니까 등등 사유는
다양합니다.

시인의 성정을 타고났으되 시인이 되지 못한 이들은 어떻게 해야
합니까? 시인이 아닌 다른 사람이 되어야 합니다(안타깝게도
사실을 말하자면 대부분의 시인 또한 시인 아닌 다른 사람이
되어야 합니다. 돈이란 그렇게나 차가운 것입니다).
　　『직업 전선』에는 그런 이들이 현장에서 어떻게 살아가고
있는지 소상히 기록되어 있습니다. 이곳엔 그들의 선분 지식과
애로 사항과 희로애락과 꿈과 상징과 물거품이 담겨 있습니다.

시인이 아닌 다른 사람이 되어야 하는 당신에게 묻습니다.
아직 직업을 결정하지 못하셨습니까? 그들의 체험 수기를 읽고
당신의 직업 결정에 도움이 되기를 바랍니다!

차례

1부

가마꾼

어디로 가는 중입니다. 어디로 가는 중이냐굽쇼? 저한테 묻지
마십시오. 가마에 탄 자가 가야 하는 데로 저는 갑니다. 가마에
누가 탔냐구요? 저한테 묻지 마십시오. 가마에 누가 탔는지
보이지 않으니까요.

　　저는 앞에서 가마를 메고 있습니다. 제가 뒤를 돌아볼
수나 있겠습니까? 제게 감히 그럴 기회가 주어질까요? 모가지가
날아가지 않으면 다행 아니겠습니까? 주춤거리다 넘어지면 또
어찌 되겠습니까? 저의 처지를 생각해주십시오. 설령 천운으로
뒤를 돌아본다 한들 가마 구경이나 할 모양이지, 열리지도 않을
들창 안쪽에 누가 있는지 제가 어찌 알겠습니까? 이 가마를
몇 명이 수행하고 있는지나 알까 말까 할 노릇입니다. 가마에
누가 타고 있는지 가장 궁금한 사람은 제가 아닐까요? 그러나
제가 직접 들창을 열어볼 수도 없습니다. 제 두 손은 가마채를
붙들고 있습니다. 제 머리통은 언젠가 제 몸뚱이를 떠나더라도
제 손은 가마채를 떠나지 않을 겁니다.

　　어디로 가는 중입니다. 기미에 틘 자가 가아 하는 데로
저는 갑니다. 가마에 타고 있는 게 사람이기는 한 것일까요?
혹시 제가 메고 있는 것은 그저 작은 교여(轎輿)에 불과하고,
창을 열어보면 달달한 냄새 풍기는 술 단지 하나만 덩그러니
있는 게 아닐까요? 그러면 가마꾼들 모두 가마 내려놓고 노송
빽빽한 숲 어느 곳에서 자청해 길 잃으며 취하고 마는 것
아닐까요? 그러다 우리 모두의 머리통이 한데 모여 사이좋게
되는 것 아닐까요? 또는 귀신이 타고 있으면 어쩔까요?

하필 죽은 게 지체 높은 어른이고, 죽어 열명길 건너갈 때도
지체에 따라 가마를 타야 하는바 제가 사역을 나와 있는
것이라면 저는 지금 제 발로 이승을 뜨고 있는 중이 아닐까요?

가마에 누가 탄 줄도 모르면서 가마에 탄 자가 가야 하는
데를 어찌 알 수 있겠느냐고 물으십니까? 저는 그런 걱정은
없습니다. 제가 발 디디는 곳마다 구종(驅從)들의 벽제(辟除)
소리에 모두 피하여 길이 쫙 열리는데 저는 그 열린 길을
따르기만 하면 되는 것입니다. 벽제 소리가 더는 들리지 않으면
그곳이 당도할 곳 아니겠습니까? 저는 당도할 곳에 당도할
예정이고 걱정인 것은 딴 게 아니라 버선 속에서도 어찌할 수
없이 문드러져가는 제 발가락들뿐입니다. 아, 불쌍한
발가락들이여.

가마 타는 즐거움은 알아도 가마 메는 고통은 모른다고들
하지 않던가요? 그러나 기실 이런 노래야말로 가마 메는
고통을 모르는 이들이 노래한 것이니, 이들이 대저 무엇을
알겠습니까? 고통에 매인 이들은 즐거움을 노래합니다.
가마 메는 즐거움을 노래한 적 없는 이들만이 가마 타는
즐거움을 알 것 아니겠습니까? 그러니 가마를 멘 저는 아니,
가마에 매인 저는 이만 갑니다. 저는 갑니다.

노점상(아이스크림을 파는)

백 미터 앞 펼쳐진 바다가 보인다. 저 바다로 뛰어들고 싶다.

　　나는 언젠가부터 아이스크림을 팔고 있다. 정신을 차리고
보니 아이스크림을 팔고 있었다. 아니, 정신을 잃어서
아이스크림을 팔기 전이 생각나지 않는 것일지도 모르겠다.

　　사실 언젠가부터 아이스크림은 팔리지 않고 있다.
지나치게 더운 탓에 해변을 찾는 사람들이 줄어든 것이
이유인지도 모르겠다. 그나마 해변을 찾은 사람들은 너 나 할 것
없이 저 바다로 뛰어들고 있다.

　　아니면 아이스크림이 녹아내리고 있기 때문인지도
모르겠다. 아이스크림은 언젠가부터 녹아내리고 있다.
나도 언젠가부터 녹아내리고 있다. 바닥의 아스팔트도
언젠가부터 녹아내리고 있다. 녹아내리고 있는 아스팔트 바닥
곳곳에 녹아내린 아이스크림의 흔적이 보인다. 녹아내리고
있는 손님들이 녹아내리고 있는 내게로 와서 녹아내리고 있는
아이스크림을 사 가지만, 그 아이스크림은 손님이 몇 발자국
내딛기도 전에 녹아내려 바닥으로 떨어진다. 손님들은
아이스크림이 떨어진 바닥을 쳐다보고, 뒤돌아 나를 한번
쳐다보고, 다시 한 번 땅바닥에 떨어진 아이스크림을 쳐다보고는

　　"에이 씨."
　　하면서 저 바다로 뛰어들 뿐이었다.

　　나도

"에이 씨."

하면서 저 바다로 뛰어들고 싶다.

나는 언젠가부터 아이스크림을 팔고 있다. 아이스크림을
팔기 이전에 내가 무슨 일을 했었는지 모르겠다. 더위를 먹었기
때문인지도 모르겠다. 곰곰이 생각해보면 기억이 날지도
모르겠다. 하지만 떠올려봐야 구구절절 실패의 기록뿐일 것이다.
모르는 것은 모르는 것으로 남겨두는 편이 좋을지도 모르겠다.

그리하여 나는 언젠가부터 아이스크림 카트 앞에 서서
아이스크림을 팔고 있다.

이제 미래의 나를 위해 마진을 공개하겠다. 천 원짜리
아이스크림을 하나 팔면 대략 750원가량이 내게 남는다. 하지만
수익 중 이미 지불한 아이스크림 카트 임대료만큼을 제해야
한다. 그리고 마을 청년회에 내는 자릿세도 제해야 한다. 점심,
저녁마다 먹는 짜장 값도 제해야 한다. 남는 게 없다. 내가
지금 왜 살고 있는지 모르겠다.

카트 앞에 청테이프로 붙여둔, 종이 박스를 찢어 만든
메뉴판에는 검정 매직펜으로 '1개 1,000원'이라고 적혀 있다.
그 메뉴판의 뒷면에는 '1개 1,500원'이라고 적혀 있다. 나는 이
메뉴판을 찢어버리고 저 바다로 뛰어들고 싶다.

아이스크림이니까 녹아내리지만 아무도 녹아내리는
아이스크림을 원하진 않는다. 내가 이 여름을 원하지 않듯이
말이다. 바다가 울렁이고 있다. 나는 곧 정신을 잃을 것이다.

야쿠자

눈을 떠보니 얻어맞고 있었다. 기둥 같은 무엇에 두 팔과
몸뚱이가 결박된 채로. 나를 실컷 때리던 남자는 쪼그려 앉아
숨을 고르며 내게 말했다. "너 말이야, 오야붕의 말씀을 거역하면
어떻게 되는지 모르는 건 아니었잖아. 그런데 왜 그랬어, 앙?"
안 그래도 험악한 얼굴이 구겨져서 더 험악해 보였다. 그런데
오야붕이라니 무슨 소리지? "이 자식, 술잔을 돌려주겠다고?
죽지도 못하게 해줄까!" 술잔? 도대체 무슨 소리야? 나는 붓고
터진 입술을 움직여 겨우 말했다. 내가 누구냐고. "네가 누구냐니,
이 새끼 지금 무슨 수작이야. 곱게 죽기 싫어? 몸에서 살을 다
발라버릴 때까지 죽지 못하게 해줄까? 너무 많이 맞아서 머리가
어떻게 된 거냐, 응? 야쿠자면 야쿠자답게 곤조*라도 있어라."
잠깐, 내가 야쿠자? 눈뜨니 야쿠자가 되어 있다? 내가 어리둥절한
표정으로 넋을 놓고 있으니, 남자는 한숨을 내쉬며 내 뺨을
살살, 기분 나쁘게 때렸다. 그러고는 내가 누구인지를
말해주었다. 그의 말에 따르자면 나는 거대 야쿠자 조직 내 유력
지파의 일원이었고, 한 핏줄과도 같은 의형제와 함께 라이벌
지파의 조직원 몇 명을 처리하라는 지시를 받았다. 그런데 수행
당일 갑자기 계획이 변경되었다며 대기하라는 지시가 새로
내려왔다. 나의 형제는 이미 현장으로 떠난 뒤였다. 형제는 혼자
현장에서 분투하다가 죽을 게 분명했다. 나는 형제를 혼자 둘 수
없어 지시를 어기고 형제가 떠난 곳으로 향했다. 그러려 했다.
얼마 가지도 못해 같은 조직원들에게 붙잡혔다. 그리고 오야붕의
지시를 어긴 대가로 이 창고에 갇히게 된 것이다. 시체가 되거나

멀쩡하지 않은 상태로만 나올 수 있는 악명 높은 창고에. 결국 숙청당할 대상은 라이벌 지파의 조직원들이 아니라 우리였고, 나는 그 숙청 대상에서 제외가 되었을 뿐이었던 것이다. 이것이 아까까지 나를 때리고 있던 형님이 나에게 말해준 나의 전말이다. 내가 나도 모르는 사이에 야쿠자가 되었었다니. 내가 기억하는 나는 아무도 없는 공터에 혼자 있는 소년이었는데. 공을 던져도 받아줄 친구가 없어 벽에 공을 던지고 줍고를 반복하다가 석양에 그림자가 길어지면 밥 먹으러 가던 어린 친구였는데. 나도 모르는 사이에 야구 방망이를 엉뚱한 곳에 사용하고 있었구나. 나는 내 운명조차 알 수가 없었구나. 인생 참 어렵다, 그렇지? 나는 울면서 이야기를 들었다. 그리고 물었다. "제가 야쿠자인 것은 이제 알겠어요. 그러면 이제 나는 무엇이 되죠?"

* こんじょう = 근성.

시인*

정말로, 정말로 먼 길을 떠나온 기분이 들었다.

극심한 피로를 느끼며, 나는 광장이라 예상되는 곳에 서서
한참을 두리번거렸다. 자료 속에서나 마주했던 옛 국가,
옛 도시의 풍경이었다. 첫 시간여행인 탓에 정신이 매우
혼란스러웠지만 훈련받은 대로 심호흡을 하며 정신을 차렸다.
곧 귓속에 심어둔 번역기를 통해 고대인들이 무슨 말을 하고
있는지가 들리기 시작했다. 과거에 왔으니 이 피로감을 해결하기
위해서는 과거의 방식을 따라야 한다는 생각이 들었다. 나는
옛사람들이 자주 찾던 그것, 커피를 찾아 떠났다.

잃어버린 작품을 찾아서. 나는 젊은 문학 연구자다.
옛사람들이 '그때쯤이면 문학은 사라지겠지.'라고 생각하던
시대에서 나는 문학 연구를 하고 있다. 문학계에서는 나를
농담 삼아 '광부'라고 부른다. 저 역사의 깊고 깊은 시간을 따라
올라가, 자료를 파내고 파내어 사라진 줄 알았던 작가들의 작품을
발견해내기 때문이다. 왜 그러쥐면 한 줌밖에 안 될 학계에
발표하기 위해 이런 짓을 하는 걸까? 나는 그저 문학에 미친
것인지도 모르겠다. 또는 캄푸스가 남긴 말 중 하나인
"시인은 미래에서 오는 존재다."라는 말을 나도 모르는 새에
가슴 깊은 곳에 묻어두고 있었던 것 같다.
문학에 미쳐버린 나는 마침내 금단의 영역에까지 발을
들여놓고 말았다. 대문호 캄푸스가 마음에 안 든다며

불태워버렸다는 원고를 소실되기 전에 읽어보기 위해 그가
생존하던 시대로 넘어온 것이다. 캄푸스의 가장 가까운 친구 중
하나이자 당대 가장 권위 있는 평론가 중 한 명이었던 카에이로가
"캄푸스가 남긴 최고의 시는 바로 그가 불태워버린「단두대
위에 선 생각」이라는 장시다. 그는 그 시를 불태워버림으로써
대문자 시에 가장 가까운 시를 사라지게 만들었다. 그 시는
더 이상 존재하지 않는다. 그러나 나는 별이 사라진 뒤에도
우리의 하늘 위에 남아 있는 별빛처럼 그 시를 기억한다."라고
말년의 회고록에 밝힘으로써 세상에 알려진, 그 이름만 남은
시를 찾기 위해 나는 시간을 거슬러왔다. 이러저러한 경고, 주의
사항을 몇 번씩이나 반복해서 들으면서 말이다.

　　"절대로 타임라인을 망가뜨리는 일을 저지르지 마십시오.
시간여행자의 행동은 그 시대에 수없이 반복되는 일상처럼
지극히 사소한 것이어야만 하며, 절대로 사건이어서는 안 됩니다.
미래 세계에 큰 변화를 줄 만한 돌발 행동을 막기 위해
시간여행자는 '시간 역설의 유령'으로부터 24시간 감시당할
겁니다. 당신으로 인해 '세계가 변화되고 있다'는 기운이
감지되는 즉시 그 나노 유령들은 당신을 추적할 겁니다.

　　또 한 가지. 당신의 여행 비자로는 일주일간 체류가
가능합니다. 체류 마지막 날 정해진 시각에 '승무원'을 만나지
못한다면 이 시대로 돌아오지 못할 수 있으니 주의해주시기
바랍니다. 환전을 넉넉히 해두시고, 계획된 소비 외에는 지출하지
마십시오. 방금 제가 알려드린 내용을 이해하셨습니까?"

　　굳이 이렇게까지 해야만 하는 일이었을까? 나는 캄푸스가
26세이던 시대로 왔다. 그의 전기에 따르면 그는 아직 문단에
이름을 제대로 알리지 못했고, 그로 인한 우울감에 깊이 잠긴 채
불면의 나날을 지속해왔다. 삼일 밤을 지새운 뒤 그는 내가 있는
이 카페로 올 것이었다. 그는 커피 한 잔을 주문한 채 마시지도
않다가, 불현듯 종이와 펜을 꺼내어「어느 비틀린 날의 몽상」을

쓸 것이었다. 그는 그 시로 문단의 찬사를 받으며 데뷔함과
동시에 활발한 활동을 이어나갈 것이었다. 그리고 후일
카에이로에 의해 밝혀진 것이지만, 이날은 그가 불태워버린
장시를 시작하는 날이기도 했다. 어쩌면 나는 그 장시의
초고를 보게 될 수 있을 것이었다. 나는 커피 한 잔을 주문한 채
가만히 그를 기다렸다. '살아 있는' 그를 실제로 보게 되면
어떤 기분이 들까? 살아 있는 거장을 만난 것에 대한 놀라움?
훗날 최고가 되는 신예를 가장 처음 발견했다는 즐거움?

의외로 풋풋한 면모가 있었다는 것에 대한 흥미로움? 예상대로
어둡고 괴팍한 인간이었다는 사실의 확인으로 인한 따분함?

　　　그는 오지 않았다. 전기에 따르면 그는 밤을 샌 뒤 정오가
조금 지났을 무렵 이 카페에 도착했어야 한다. 카페 내부를
몇 번이나 둘러봐도 그는 없었다. 대낮부터 예술과 사랑에 대해
떠드는 사람들이 드문드문 보일 뿐이었다. 무언가가 잘못된
것일까, 아니면 전기에 꾸며낸 부분이 있는 것일까? 나는
실망감과 심심함을 동시에 느끼며 주머니를 뒤적여 펜과 종이를
꺼냈다. 캄푸스를 기다리며 그의 시 「어느 비틀린 날의 몽상」을
기억나는 대로 한줄 한줄 적어 내려갔다. 몇몇 구절은 기억이
나지 않아 한참을 생각하고, 쓰고 나서야 틀렸다는 걸 알게 되어
단어 몇 개는 두 줄을 그어 고쳐두었다. 기억에 의존해 시를 다
쓰고 난 뒤에 나는…… 어떤 이상한 기분에 빠졌다. 시가 아니라
그 시를 적은 종이의 이미지가 너무나 익숙했기 때문이었다.
잠깐만. 이것은 그의 문학관에 보존되어 있는 초고 이미지와
똑같았다. 변색 등 자잘한 훼손만 없다뿐이지 내용과 필체는
캄푸스의 원본과 똑같았다.
　　　이게 어찌 된 일일까? 내 머리에 문제가 생긴 것일까?
그게 아니라면…… 나는 오늘 여기에서 어떠한 문제로 인하여
내가 있던 시대로 돌아가지 못하게 되거나, 혹은 돌아가지 않기를
'선택하게' 되는 것일까? "어느 비틀린 날"이라는 구절의 의미가

실은······ 내가 캄푸스였던 것일까? 내가 연구했던 캄푸스가 바로 나 자신이었던 것일까?

아니, 말이 안 된다. 그렇다면 캄푸스를 연구하던 '나'란 무엇이란 말인가? (아니, 반대로 내가 연구하던 캄푸스는 무엇이었냐고 자문해야 하는 걸까?) 만약에 내가 지금부터 캄푸스가 '되는' 운명이라면, 나는 이제 「단두대 위에 선 생각」이라는 장시의 초고를 써나가야 할 텐데, 그와 관련해서는 아무것도 떠오르지 않는다. 내가 캄푸스일 리가 없다. 더군다나 내가 캄푸스라면 카에이로의 존재는 어떻게 되는 것일까? 그는 스무 살 때부터 캄푸스와 알고 지낸 사이인데 말이다. 아니, 잠깐만.

정말로, 정말로 먼 길을 떠나온 기분이 들었다.

* 팀 파워스, 『아누비스의 문』에서 차용.

선원

나는 왜 쓰는 자가 되지 않고 선원이 됐을까.* 꿈에서 깨어나며
부르튼 손으로 그물을 쥐었다. 그물을 걷어 올리며 간밤 꿈 생각.
꿈을 꿨다는 것만 기억하고 꿈은 기억하지 못했다. 눈이
찡그려져서 동녘에서 해가 천천히 솟아오르는 시간이 되었다는
걸 알고, 졸음이 쏟아져서 지금 내 입안에 뭔가가 한가득
들어찼다는 걸 알고. 나머지 것은 잘 모른다. 내가 생각하지
않아도 나는 움직이고 있는데 나는 왜 쓰는 자가 되지 않고
선원이 됐을까. 생선의 파닥임이 멎어서 작은 것들에도 영혼이
있다는 걸 알고. 선창의 비린내가 코를 찔러서 무수한 영혼이
학살당했다는 것을 알고. 땀이 차가워서 오늘 치 죄업이 끝났다는
것을 아는데. 구름 몇 점에 시야가 흐려지며 나는 왜 쓰는 자가
되지 않고 선원이 됐을까.

* "나는 왜 선원이 되지 않고 쓰는 사람이 되었지?"(유진목)

고스트라이터

저는 작가의 작가입니다. '작가의 작가'란 말은 흔히 작가들이
사랑하는 작가라는 뜻으로 사용되는 관용적 표현이지만, 제
경우에는 정말로 작가를 대신해 글을 쓰는 작가라는 의미입니다.

        …….

        사실 별로 할 말이 없네요. 제 이야기라는 걸 해본 지
너무 오래되어 말하는 법을 잊었거나, 제가 하고 싶은 이야기가
무언지를 잊었거나, 이도 저도 아니면 원래 제 이야기라는 건
없었는데 이참에 변명을 하고 있는 것인지도요.

        …….

        첫 대필이요. 대학생 때였네요. 학과 강의 하나에 출강하는
어느 논픽션 작가의 대필 작가 노릇을 했습니다.
        그는 한 번 망한 뒤 다시 시작하는 주식 투자자를 위한 책,
삶에 절망적으로 많은 희망을 주는 격언집, 시를 읽을 필요가
없는 CEO를 위한 시 모음, 현지인도 잘 모르는 오사카의 숨겨진
맛집 등등 장르를 가리지 않고 여러 권의 책을 펴내다가 일본
밤거리의 풍속도에 관한 책을 펴내어 베스트셀러 작가가 된
이후로, 여전히 장르를 가리지는 않았으나 일본과 관련된 것들에
집중했습니다. 일본을 중국 진나라 사람이 세웠다는 주장을 담은
숨겨진 역사 이야기, 파친코를 무대로 재일 동포의 눈물겨운

인생을 그린 르포, 군마현에 얽힌 괴담집, 투잡을 뛰는
그라비아돌들의 이야기…….

저는 그가 제 선배와 함께 작업한 일본 풍속도에 관한 책
이후의 작업들을 함께했습니다. 선배가 졸업하며 제게 일을
물려줬기 때문입니다. 그 일은 '글 좀 쓸 줄 아는' 학생들
사이에서 대물림되어오는 아르바이트였습니다. 받는 돈이 그다지
많지는 않았어요. 우리는 따져보면 최저 시급도 안 될 돈을
받으며 착취당하고 있었지만, 집에서 하는 일이라는 점, 진상
손님들을 받아야 하는 서비스업이 아니라는 점(물론 우리를
고용한 작가가 진상 타입이긴 했습니다), 그리고 작가가 기분이
좋거나 외로울 때는 맛있는 것을 먹으러 다닐 수 있다는 점
때문에(한창 배고플 나이잖아요) 큰 고민 없이 그 일을 계속했던
것 같아요.

…….

두 번째 대필은 대필 작가(이 사람도 학과에 출강하는
강사였습니다)의 대필 작가 노릇을 할 때입니다.
네, 이중 대필이죠. 대필을 잘해주는 것으로 출판계에
이름난 그 작가, 선생님은 언젠가부터 자신이 따온 일을 신임하는
학생 몇에게 나눠주곤 했습니다. 저를 포함해 모두 학과에서
소설 좀 쓴다는 학생들이었죠.
정기 합평회를 구실로 우리는 종종 선생님의 작업실에
모여 소설 합평을 했고, 술을 마셨고, 용돈벌이라는 명목하에
일을 받았습니다. 건당으로 지급되는 보수는 물론 턱없이
부족했으나, 우리는 기다렸습니다. 무엇을요? 등단요. 선생님은
합평을 하고 술을 마시며 종종 "너 이 수준으로 하나만 더
써봐……. 다음 달에 어디가 마감이더라?"라고 운을 떼곤
했습니다. 그것은 당신이 모 지면의 심사위원으로 들어간다는
일종의 신호였죠. 실제로 선생님이 심사위원을 맡았던

장편소설 공모전에 제 동기가 뽑혀 수천만 원의 상금을 받은
전례가 있었기에 우리는 더더욱 선생님을 믿고 따를 수밖에
없었습니다. 최고로 소설을 잘 쓰는 우리 선생님이 하시는 말씀
잘 듣고 따라가면 언젠가 어디서든 등단하리라, 운 없이 떨어지는
걸 보다 못한 선생님이 뽑아주기라도 하시리라. 그러면
선생님이 좋아하는 위스키 사드려야지…… 그 모임은 선생님이
편찮으시다며 강의를 관두고 우리가 하나둘씩 졸업하면서

끝났습니다.

        …….

        세 번째 대필은 유명 웹소설 작가의 대필이었어요. 작가가
큰 줄기를 던져놓고 나가면 매수에 맞춰 분량을 채우는
일이었습니다. 정말로 생계를 위한 일이었기에 아무 생각도
없었네요.

졸업 후 그 일을 한 2년 하다가 더는 이렇게 살면 안 될 것
같아서 관두고 아주 오랜만에 제 글을 썼습니다. 그때 운이 좋게
등단을 했어요. 드디어 내 글을 쓸 수 있게 된 것 같아 정말
기뻤죠. 그러나 그게 끝이었습니다. 등단 이후 일 년이 지나도록
청탁은 오지 않았고 저는 잔뜩 주눅이 든 채로, 한 번의 청탁을
기다리며 카페에 나가 잘 써지지도 않는 글을 붙들고 있는
나날을 반복하고 있었습니다.
        어느 날 카페에 아는 얼굴이 들어왔습니다. 상대는
저를 몰랐지만 저는 상대를 알았죠. 꽤 유명한 작가였습니다.
제가 아주 잘 쓴다고 생각하는 사람이었죠. 실제로 본 건
처음이었습니다. 잠시 고민하다가, 좋아하는 작가인데 인사라도
드리자는 생각이 들어 용기를 내었습니다. 안녕하세요 선생님,
언제 등단한 누구입니다, 라고 제 소개를 드렸죠.

......

　　그의 대필 작가로 한 3년간 지냈습니다. 여기저기에서
청탁이 너무 많은 그였기에 그가 감당하지 못할 청탁은 제가
틀어막고 고료의 일부를 받는 식이었어요. 소설이 아닌 잡문
대필이었지만 그래도 아무것도 못 쓰는 것보다는 이게 낫다고도
생각했습니다.

　　이름이 없다는 건 편한 일이기도 했습니다. 제 이름을

밝히지 않고 한 번쯤은 써보고 싶었던 이야기를 부담 없이 써볼
수도 있었으니까요. 그 글에 대해 돌아오는 독자들의 반응도
곧장 저를 향하는 게 아니라서 공격적인 이견이 들려와도
덜 무서웠어요. 그의 입장에서는 그가 쓴 글이 아니니까 또 큰
스트레스로 다가오지는 않았던 모양입니다. 그 점에 관해선
서로서로 좋았다고나 할까요.

......

　　하지만 언제까지고 그의 대필 작가로 지낼 생각은
없었습니다. 언젠가부터 저는 제 필명이 뭔지도 잊어버릴 것만
같았고, 제 이름으로 제 이야기를 쓰고 싶었고, 많은 수는
아니더라도 누군가가 읽어주기를 간절히 바랐지만, 제 이름을
불러주는 사람은 아무도 없었습니다. 그가 제게 해주는 것 또한
아무것도 없었습니다. 글쟁이로서 저의 인생은 인간이기보나는
무인 공장에 가까웠습니다. 어리석게도 저는 무슨 기대를 했던
걸까요. 저를 인간으로 봐주길 바랐을까요? 저를 작가로서
봐주기를?

　　이것이 저의 마지막 대필 경험입니다.

시간을 거슬러 그때로 돌아갈 수만 있다면 그들의 제안을
거절하고 싶지만, 돌아간다고 해도 그럴 수 없으리라는 생각이
듭니다.

저는 쉽게 거절할 수 있는 입장으로 살아본 적이 없습니다.

저는 그다지 용기 있는 사람이 아닙니다.

그럼 이제 무엇을 써야 할까요.

…….

이제 제 이야기를 하라는 말씀이시죠.

별로 할 말이 없네요.

제 이야기라는 걸 해본 지 너무 오래되어 말하는 법을 잊었거나, 제가 하고 싶은 이야기가 무언지를 잊었거나……

아니면 원래 제 이야기라는 건 없었는데 이참에 변명을 하고 있는 것인지도요.

악몽 수집가*

△월 ○□일

그의 머리맡을 꿈전등으로 비춰봅니다. 저런, 나쁜 꿈을 꾸고
있네요. 그는 꿈속에서 폭풍우에 시달리고 있어요. 탑승 중이던
배가 난파되었는지 배의 잔해들과 함께 표류하고 있네요. 저
악몽을 더 꾸게 두었다간 그의 내일은 뱃멀미하는 것처럼 온종일
어지러울지도 몰라요. 그의 머리맡에 진정의 향수를 뿌립니다.
그의 꿈속에 일던 풍랑이 잦아들고, 그의 표정이 점점
편안해지네요.

악몽 수첩에 그의 꿈을 기록하고 떠납니다. "표류하는 꿈."
오늘도 한 건 해결!

○월 □△일

그의 머리맡을 꿈전등으로 비춰봅니다. 저런, 나쁜 꿈을 꾸고
있네요. 그는 불타는 집에 갇혀 있어요. 불이야! 하고 외치고
싶지만 어쩐지 목소리가 나오지 않네요. 어떻게든 소리를
내보려고 용을 쓰는 모양인지, 현실 속 그는 으…… 어…… 으……
으…… 하고 괴로운 신음 중이에요. 저 악몽을 더 꾸게 두었다간
내일 그의 목은 완전히 잠겨 있겠죠. 그의 머리맡에 진정의
향수를 뿌립니다. 그의 꿈속에 소방대가 출동하고, 그는 온몸이
젖은 채 소방대원에게 구출됩니다. 고맙습…… 니다. 잠꼬대이지만
저한테 하는 인사라고 생각하니 뿌듯하네요.

악몽 수첩에 그의 꿈을 기록하고 떠납니다. "불타는 꿈."
오늘도 한 건 해결!

□월 △○일

그의 머리맡을 꿈전등으로 비춰봅니다. 저런, 나쁜 꿈을 꾸고
있네요. 그는 꿈속에서 검은 정장을 입은 사람들에게 쫓기고
있어요. 그가 방문을 잠그고 나와도 검은 정장을 입은 사람들은
벽을 뚫고 쫓아옵니다. 쫓기고 쫓기다 벼랑 끝이네요. 저
악몽을 더 꾸게 두었다간 그의 이부자리가 축축하게 젖을 수도
있겠어요. 그의 머리맡에 진정의 향수를 뿌립니다. 갑자기
그의 어깨놀이에 날개가 돋아나네요. 그는 날아서 검은 정장들을
따돌립니다. 하늘을 나는 기분 어떤가요?

　　악몽 수첩에 그의 꿈을 기록하고 떠납니다. "쫓기는 꿈."
오늘도 한 건 해결!

△월 □○일

그의 머리맡을 꿈전등으로 비춰봅니다. 저런, 나쁜 꿈을 꾸고
있네요. 그는 꿈속에서 다른 시대의 자신이 사랑하는 사람과
이별하는 걸 현재의 자신으로서 지켜보고 있어요. 현재의 그는
다른 시대의 그에게 다가가 그를 위로하려 하지만, 다른 시대의
그 또한 그이기에 위로는커녕 그 슬픔이 시대를 넘어 현재의
그에게 고스란히 전해집니다. 저 악몽을 더 꾸게 두었다간 그의
눈언저리도 쓰라릴 테고, 밖에 나가기 민망할 만큼 눈이 퉁퉁
붓겠죠. 그의 머리맡에 진정의 향수를 뿌립니다. 다른 시대의
그가 그 시대를 초월해 미래 시대의 연인이 되어 미래 시대의
그와 만나는 광경을 목격하면서, 그는 다른 시대의 그들이 서로
다른 시대에서 나고 죽고 경계를 넘어 순환하며 다시 만나게
되는 합일의 이치를 깨닫습니다. (도대체 이게 무슨 꿈인지…….)

　　악몽 수첩에 그의 꿈을 기록하고 떠납니다. "헤어지는
꿈." 오늘도 한 건 해결!

○월 △□일

광합성 중입니다. 베란다에 있는 의자에 거의 눕듯이 앉아,

창으로 쏟아지는 햇빛을 온몸으로 받습니다. 베란다에 식물들이
많아요. 물을 잘 주는데도 조금씩 썩어가는 것 같습니다. 물을
너무 많이 준 탓일까요? 머리가 맑지 않네요. 생각을 밝혀주는
차를 마셔도 효과가 없습니다. 진정의 향수라도 뿌려보려는데……
늘 넣어 다니는 주머니 속에 향수가 없네요. 어디에 흘린
것일까요?

　　그리고 깜빡 졸았던 모양이에요. 머리가 깨질 듯이 아프고
꿈은 기억나지 않습니다.

　　□월 □□일
그의 머리맡을 꿈전등으로 비춰봅니다. 저런, 나쁜 꿈을 꾸고
있네요. 그는 악몽 속에서 악몽을 꾸고 있어요. 어려운 경우예요.
악몽의 이유를 알아야 악몽을 다스릴 수 있으니까요. 마침
진정의 향수도 아직 찾지 못했네요. 이럴 때는 꿈의 문지방을
밟아 꿈속으로 직접 들어가야 해요. 악몽의 원인을 찾아 제
손으로 직접 없애는 수밖에 없죠.

　　악몽 속에서 악몽을 꾸고 있는 그의 악몽이 무엇인지 알기
위해 그의 악몽 속으로 들어갑니다. 악몽을 꾸고 있는 그를
발견했어요. 그의 머리맡을 꿈전등으로 비춰봅니다. 저런, 나쁜
꿈을 꾸고 있네요. 악몽 속에서 그는 악몽을 꾸는 악몽을 꾸고
있어요. 이러면 또다시 꿈의 문지방을 밟아 더 깊은 꿈속으로
들어가야 해요. 많이 어려운 경우예요.

　　악몽 속에서 악몽을 꾸는 악몽을 꾸고 있는 그의 악몽이
무엇인지 알기 위해 그의 악몽 속의 악몽 속으로 들어갑니다.
악몽을 꾸고 있는 그를 발견했어요. 그의 머리맡을 꿈전등으로
비춰봅니다. 저런, 나쁜 꿈을 꾸고 있네요. 악몽 속에서 악몽을
꾸는 악몽 속에서 그는 악몽을 꾸는 악몽을 꾸고 있어요. 이러면
또다시 꿈의 문지방을 밟아 더 깊은 꿈속으로 들어가야 해요.
아주 많이 어려운 경우예요.

　　악몽 속에서 악몽을 꾸는 악몽 속에서 악몽을 꾸는 악몽

속에서 악몽을 꾸는 악몽 속에서…… 길을 잃고 말았네요. 이 악몽은 몇 겹의 악몽인 걸까요? 저는 그의 악몽 속의 악몽 속의 악몽 속의 악몽 속의 악몽 속의…… 악몽 속을 헤집다가 악몽의 원인을 찾기도, 악몽에서 헤어나기도 포기한 채 악몽을 꾸고 있는 그의 곁에 모로 누웠습니다. 그의 얼굴을 가만히 바라보았죠.

"당신은 이 악몽에서 깨어날 수 있을까? 그리고 언젠가 당신이 이 악몽에서 깨어나게 된다면 당신의 악몽 속에 갇혀 있는 나도 악몽과 함께 사라지게 되는 걸까? 마치 처음부터 내가 당신의 악몽이었던 것처럼?"

어느 지옥에서 헤매느라 듣고 있지도 못할 그에게 나는 오래오래 소곤거렸어요.

* 엄주, 『악몽수집가』.

영화감독

투자자들이 화났다. 연일 영화사 앞에 진을 치고 있다. 성난
투자자들을 달래려면 돈을 줘야 한다. 돈이 없다. 임금 체불도
몇 개월째란 말이다! 돈이 없으니 돈을 벌어야겠다. 영화감독이
돈을 벌려면 어떻게 해야 할까? 영화를 찍어야 한다. 물론
흥행하면 좋겠지만, 일단 거기까진 생각하지 말자. 흥행할 만한
블록버스터 영화를 만들 역량은 남아 있지 않다. 정확히 말하자면
오랜 임금 체불 탓에 직원들이 모두 퇴직한지라 사람이 남아
있지 않다. 그래도 돈을 벌려면 영화를 찍어야 한다. 물론 방법은
있다. 일단 영화 제목을 짓는다. 그리고 보도자료를 인터넷
신문사에 쫙 뿌린다. 쓰레기 같은 기사를 내서라도 기사량과 클릭
수를 조금이라도 늘리려는 곳이 바로 인터넷 신문사이므로
내가 뿌린 보도자료를 거의 그대로 복사해서 기사로 낼 것이다.
마침 나는 투자자들에게 고소당해서 이슈화된 상태이기 때문에
나와 관련된 기사라면 무엇이든 나올 확률이 높다. 이제 배급사를
찾아간다. 나는 무명이 아니기 때문에 배급사 쪽에서도 마구
내치진 못한다. 그렇다곤 해도 배급사에서 투자해줄 확률은 없다.
나도 안다. 그래도 괜찮다. 투자 여부를 확정 짓는 대화만
나누지 않으면 된다. 그냥 이런 영화를 만들려고 한다, 조금 더
구체화되면 제대로 된 시놉시스를 들고 올 테니 그때 다시
이야기하자는 식으로 적당히 얼버무리면 된다. 그래도 조금
제대로 된 기자들은 사실 관계 확인을 위해 배급사에 전화를 걸
것이다. 배급사에서는 투자를 해줄 생각이 없더라도 영화 관련
이야기를 나눈 것은 사실이고, 아직 딱 잘라 투자를 거절한 것도

아니니까 기자들에게는 그 정도 선에서 적당히 대답할 것이다.
그 정도면 된다. 나는 기사를 모아서 투자자들을 찾아다닐
것이다. 내가 아무리 망한 감독 소리를 들어도 한 방을 친 이력도
있고, 혼란 속에서 난 기사들이 노이즈 마케팅의 효과를 낸다고
판단될 수도 있다. 몇몇 바보 같은 투자자, 또는 도박사 근성이
있는 자 들이 내게 돈을 줄 것이다. 영화를 만들기엔 턱없이
부족해도 된다. 잠적하고 지내기에는 충분한 돈일 테니까. 그러면
성난 투자자들은 어쩌냐고? 그걸 나한테 왜 묻는담? 화는 스스로
풀어야지. 영화 제목은 방금 지었다. 〈유령 도둑〉이라고.

머리 수집가

당신의 직업은 무엇인가요?
— 머리 수집가입니다.

머리 수집가란 무슨 일을 하는 사람인가요?
— 말 그대로 머리를 수집하는 일을 전문으로 하는
사람입니다.

그렇다면 머리를 어디에서 수집하나요?
— 주로 길거리에서 수집합니다만, 간혹 숲이나 갈대밭,
저수지나 방파제 등등에서 수집하는 때도 있습니다.

대강 '어떤' 머리입니까?
— 정확히 '인간'의 머리입니다.

왜 머리를 수집하는 겁니까?
— 그게 내 일이니까요.

그렇다면 질문을 바꾸겠습니다. 수집한 머리는 어떤
용도로 사용됩니까?
— 아무런 용도로도 사용되지 않습니다.

그것은 합법적인 일입니까?
— 법전에 머리를 수집하면 안 된다는 법이 없으므로

이것은 불법적인 일이 아닙니다. 더불어 저는 머리를 수집하기 위해 다른 어떠한 불법적인 일도 저지르지 않습니다.

어떻게 그것이 가능합니까? 당신은 살인을 저지르거나 혹은 살인을 교사하지 않나요?

— 저는 그렇게 하지 않습니다. 애초에 시체에서 머리를 잘라내거나 하지도 않습니다. 저는 그저 굴러다니고 있는 머리를 수집할 뿐입니다. 이런 머리들은 주인도 없는 머리들입니다.

머리에 주인이 없을 수 있습니까?

— 그렇다면 머리의 주인은 누구일까요? 떨어져 나갔다고 가정되는 몸통이 머리의 주인일까요? 하지만 몸통은 판단하는 주체가 아님을 우리는 알고 있습니다. 몸통에는 뇌가 없기 때문입니다. 그러나 그렇다고 해서 뇌가 있는 머리가 머리의 주인일 수는 없습니다. 머리가 머리를 가질 수는 없기 때문입니다. 고로 굴러다니는 머리의 주인은 존재하지 않습니다.

말장난처럼 느껴지는데요.

— 당신도 굴러다니는 머리가 되어보면 제가 한 말을 이해할 수 있을 것입니다. 그때가 되면 당신은 더 이상 당신의 주인이 아니라는 사실을 말입니다.

그것을 노동이라 할 수 있습니까?

— 저는 머리를 수집하기 위해 일을 하고, 그 대가로 머리를 얻습니다.

수집한 머리는 어떻게 됩니까?

— 제 코트 안에 보관됩니다.

— 이렇게요.

어부

그물 걷는 날이라 낚싯배 끌고 나갔지. 채비도 살피고 별신굿도
드렸지. 하늘 화창하고 풍랑도 잔잔해 가슴이 두근두근한
거라. 그물 걷어 올렸는데 뭣이고. 고기는 한 마리도 없고 뭔
해골바가지 하나 걸려 있는 거 아니겠나. 와, 나 황당해서
던져버리려는데 가만히 보니 해골 두상이 제법 잘생겨 보인다.
뭔가 익숙하고 그립고 어디선가 본 듯한 두상. 나어린 꼬마가
대문 앞에서 손 흔드는 거 뒤로한 채 바다로 영영 떠난 아버지의
마지막 뒤통수. 맞나. 아버지 맞나. 해골 니가 내 아버지가.
내 아버지였던 무엇이가.

노점상(인형을 파는)

해역을 건너온 아이들을 좌판에 벌여두고 난롯불에 두 손을
쬐고 있는 일요일, 겨울. 동묘는 16세기 말 선조가 명나라 황제의
명에 따라 지은 관우의 사당. 여기저기서 울려 퍼지는 성인
가요. 가짜 브랜드, 가짜 시계. 권력도, 약속도 없는 반지들. 이미
유물 같은 전자 제품들. 한창 허기질 때 길거리 음식 냄새.
옷 무덤이 군데군데. 그야말로 옷의 무덤. 이 모든 죽어가는
것들이 여기서도 구원받지 못한다면…… 유독 추운 날이라 그런지
썩 밝아 보이지 않는 아이들의 표정. 눈이 올 것만 같은, 오지
않는 하늘. 올 것만 같은, 울지 않는. 그러나 내가 너희 부모도
아니고, 언제까지 너희를 돌볼 수는 없단다…….

산역꾼

터로 간다. 아직 세상은 어둡다.

우리는 지관(地官)을 따라 희푸른 산으로 들어간다.

삽을 들기 전에 산신께 공물을 바친다. 날이 밝으면 손이
올 것이니 그 손을 잘 보살펴달라고. 준비해온 술, 과일, 포 등을
차리고서 우리는 절을 한다.

이를 핑계로 술 한 잔 걸친다.

술잔을 내려놓은 뒤엔 명태를 묶은 삽을 광중(壙中)이 될
자리에 꽂아두고 그 주변에 술을 뿌린다. 광중의 네 귀퉁이에
흙을 한 삽씩 떠내고 공물을 올린 뒤 다시 절한다.

이를 핑계로 술 한 잔 걸친다.

술잔을 내려놓은 뒤엔 주변의 나무들을 벤다. 특히 광중
부근의 나무들은 뿌리까지 캐낸다. 그 뿌리가 자라 광중으로 뻗지
않도록 하기 위함이다.

너무 고되기에 땀을 시히기 위해 술 한 잔 걸친다.

술잔을 내려놓은 뒤엔 삽 댈 부분에 술을 붓고, 지관의
지휘에 따라 삽질을 시작한다. '천광(穿壙) 낸다'고 한다.

지관은 패철(佩鐵)을 살피며 폭과 길이와 깊이를
알려준다. 역시나 너무 고되기에 이때 삽차가 동원되는 일도
있으나 우리는 우리의 힘으로 땅을 판다. 구덩이를 판 뒤에는
그 구덩이가 적당하게 깊은지 보며 한숨을 돌린다.

휴식하며 술 한 잔 걸친다.

술잔을 내려놓은 뒤엔 당신이 오기를 기다린다.
당신은 정해진 시간에 오기로 되어 있다.
당신은 세신(洗身)을 하고, 정갈하게 차려입고서 여기로
올 것이다.
후대의 손에 들린 채, 편안하게.

아직 세상은 어둡다.
당신은 당신의 초상과 함께 마침내 여기에 다다를 것이다.
당신은 노래를 들으며 올 것이고 노래를 들으며 떠날
것이다.
당신의 머리는 산봉우리를 향하고 당신의 발은 산기슭을
향한다.
지관은 당신이 좋은지 살필 것이다. 당신은 좋을 것이다.

당신은 흙을 덮을 것이다.
우리는 남은 술을 마저 걸칠 것이다. 어미 아비도 못
알아볼 만큼 취하고 오늘을 잊을 것이다.
이것이 우리가 산에서 하는 일[山役]이다.

묘지기(공원의)

나를 공원 관리인이라고 '부드럽게' 불러도 상관은 없지만,
나는 묘지기라고 불리는 쪽을 더 선호한다. 나는 시신이 묻힌
땅을 관리하며 산다. 죽음을 통해 밥벌이를 하는 여러 직업인 중
하나인 셈이다. 우리 가문에 죽음의 향기를 사랑하는 피가
흐르기라도 하는 것일까? 내 선조 중에도 묘지기가 여럿 있었다.
그들은 주로 다른 가문의 선영(先塋)을 관리하는 대가로 마련된
위토답(位土畓)을 소작하며 살았다.

유명인의 무덤 하나 없는 이 공원은 늘 조용하다. 가끔
늙은 산책자들이 보일 뿐, 헌화하러 오는 사람도 거의 없다.
대부분 가족 없는 묘이거나, 그나마 있던 가족도 더는 없는
오래된 묘들이 대부분이다. 나는 과거와 단절된 시간 속에 자리한
이 묘들을 보면서 내게 오는 미래를 감각한다. 그리고 이
감각에서 친연성을 느낀다.

대면병

3월 18일

식사가 끝나고 오침 시간이다. 전투식량의 맛은 농담으로라도
좋다고 말할 수는 없지만, 먹고 나면 어쨌든 잠이 쏟아지니까
먹는다. 이제 막 꿈속에 고향 땅을 밟으려는 순간 스크린에 불이
들어오고 요란한 목소리가 들린다.

　"너희 전투식량은 그렇게 형편없다며? 우리의 전투식량은
일반 음식점에서 판매해도 될 정도란다."

　남군의 대면병이 내보내는 선전 방송이다. 남군의
전투력은 은하 최강이라느니, 곧 북군이 궤멸되고 나면 자신은
구조될 것이고 너도 끝장날 것이라느니 등등. 나는 하품을 하며
됐다고, 나는 한잠 잘 테니까 나중에 다시 이야기하자고 말했다.

3월 21일

본국과 통신이 두절된 채 이곳 우주 초소에 남겨진 지 오늘로
정확히 세 달째. 정황상 본국과 통신이 두절된 건 저쪽도
마찬가지인 모양이었다. 어쩌다가 우주 초소 두 곳의 대면병 둘만
통신이 연결되어, 이 적막한 우주에서 서로를 향한 선전 방송이나
하게 되었는지. 어쩐지 내 처지도, 저쪽의 처지도 안타깝고
한심하게 느껴진다.

3월 30일

나도 처음엔 저치처럼 내가 맡은 임무대로 선전 방송에 열을
올렸다. 하지만 본국과 통신이 두절되었다는 사실을 안 순간

시들해졌다. 어차피 내게는 별다른 애국심도 없다. 정부에 불만이 많은 사회학도였던 나는 징병당해 사상 교육을 거친 뒤 대면병 보직을 받았다. 한동안은 내 사상에 반하는 헛소리를 늘어놓아야 해서 괴로웠지만 이제는 그것도 끝이다.

4월 11일

(무한해 보이는) 저 전투식량과 내 정신 중 먼저 바닥나는 건 무엇일까?

4월 15일

애국심 따위는 원래 없지만, 통신 두절 뒤로는 늘 이 생각뿐이다. 고향에는 돌아갈 수 있을까. 아니, 지구가 온전히 남아 있기는 할까. 친구들은 살아 있을까? 가족들은? 우주에 떠다니는 저 데브리(débris)들을 보며 잊어버린 얼굴들을 떠올린다.

4월 22일

요즘엔 거의 눈에 보일 정도다. 임무 수행에 대한 책임감이 강한 저 남군의 대면병 친구도 불안해하는 모습이. 날마다 반복되는 패턴의 남군에 대한 찬양과 북군에 대한 멸시로 목소리를 드높이지만, 크게 어두워진 표정은 어찌할 수 없다. 내가 지구의 사정을 몰라 불안하듯이 그도 지구의 사정을 몰라 불안할 것이다.

5월 9일

만약 우리에게 돌아갈 땅이란 게 남아 있지 않다면? 우리에게 이미 돌아갈 나라가 없고, 없는 나라에 관한 선전을 해오고 있는 거라면? 이 우주에서 이루어지고 있는 언어를 통한 유일한 대화가 이 적들끼리의 무의미한 비방뿐이라면?

　나는 이제 내가 언어를 가진 인간이라는 사실이 두려워진다. 그리고 나 같은 인간이 이 우주에 남아 있다는 사실이 슬프다, 조금은.

"대면병 동지, 이야기 좀 할까?"

나는 제안했다. 우리는 더 나아가야 한다. 우리의 목소리를 더 먼 곳으로 보내는 일에 대해 이야기해봐야겠다.

— ○○○ 상등병의 기록은 여기까지다. 이후 무슨 일이 있었는지 알 수 없지만 그는 우주 초소에서 사라진 것으로 보인다. 이후의 기록은 남아 있지 않다.

묘지기(우주의)

항성을 관리하는 나의 노동과
죽은 별들을 돌보는 묘지기라는 나의 생각은

얼마만큼이나 먼 것인지요
나무와 나무 사이만큼? 아니면
별과 별 사이만큼?

폭발을 거친 뒤
사라진 별들

죽은 별의 부스러기들
쥐고 있다가

잃어버린 별자리의 순례자들이 나를 찾아오면

울고 있는 그것들
손 펼쳐 보여줍니다
수백만 광년 동안의 조난 기록입니다

나는 압니다,
다 알아요
당신도 다 알지요

인간의 관점에서 우리는
무한합니다.
우리는 누구입니까
왜?
왜?

조랑말 속달 우편배달부

내일까지 반드시 목적지에 도달해야 한다는 편지를 맡았고.
이 편지에 어떤 중요한 글이 쓰여 있는지 나는 모르고. 선서를
위한 배달부용 성서의 겉표지에 손을 얹었고. 배달 중에는
술과 도박과 색을 금하겠다고 하나님께 맹세했고. 맹세에 따라
아흐레간 열심히 달렸고. 역사에 다다르기 전까진 쉬지도
않았고. 내일 새 조랑말을 타고 조금만 더 달리면 될 것 같았고.
오늘따라 잠이 오지 않아 뒤척였고. 그래도 잠들 수 없어 딱
한 잔만 하고 잠들기로 했고. 펍으로 가니 시끌벅적 술꾼들이
많았고. 총알로 싸구려 버번위스키 한 잔을 사 마시는 이들이
있었고. 그 총알들을 모으면 총구에서 끝없이 불을 뿜을 수도
있을 것 같았고. 나도 바에 앉아 샷 하나 주문했고. 바로 마시고
자리에서 일어섰고. 펍을 나가려는데 술에 전 턱수염 하나가
나와 부딪혔고. 턱수염이 넘어지며 도박 중인 테이블 하나를
망가뜨렸는데 큰판이었고. 하필 도박판을 벌이던 이들 중 하나가
이 지역을 주름잡는 거물이었고. 분위기가 참 험악해지고.
어떡할 거냐고 묻는데 나는 잘못한 게 없고. 턱수염은 일어날
줄을 모르고. 결국 내가 어떻게 책임을 지면 되겠냐고 되묻고.
나보고 테이블에 앉으라고 하고. 벌써 나는 카드를 받아 들고
있고. 사실은 카드놀이 제대로 하는 법도 모르고. 칩 다 털렸고.
돈 내놓으라고 으름장을 놓고. 그만한 돈은 없고. 분위기
아까보다 더 어두워지고. 어쩐지 숙소로 못 돌아갈 것 같고.
그 편지가 전달되지 않으면 무슨 일이 일어날지 나는 모르고.
지금은 편지 걱정을 할 때가 아니라 내 걱정이나 할 때이고.

나는 잠이 안 와서 딱 한 잔만 하려고 했을 뿐이고. 오던 잠도 물러가야 할 상황에 이제야 잠은 밀려오고. 총구 앞에서 쩍쩍 하품이나 하고 있고. 드넓은 초원의 꿈이 펼쳐지고. 입에 샷 하나 들어가고.

교정자

모든 것이 너무 많다.

모든 것은 너무 많고 모든 것은 불완전하며 모든 것에
대한 설명은 불충분하다.

불완전한 것들을 더 완전한 것들로 만들려는 노력은
시기와 불확실성이라는 제약하에 언제나 부차적인 것으로
치부된다. 그래서 결국 내가 붙들고 있는 것은 제약이 고려되지
않는 가장 불필요한 것들뿐이다. 사람들이 필요로 하지 않는
것들을 손보는 사람, 사람들의 필요와는 상관없이 스스로가
필요한 사람이라고는 생각하지만 사실은 정말 그러한지 스스로
되묻지 않을 수 없는 착란에 빠져버리고 마는 사람. 보통
사람들이 별반 신경 쓰지 않는 정서법 하나하나에 연연하고 위법
사항을 보면 거슬리고 화가 나 견디기 어려운 사람. 언어법은
지키기 위해 있는 것이며, 언어가 있다면 언어법도 당연히
존재하는 것이라고 생각하는, 사람이기보다 차라리 법 기계에
가까운 자. 마감하기 위해 원고를 쓰는 자들의 원고를 마감하기
위해 쓰는 자의 마감을 기다리는 자 즉 그러한 잡다하게
필요한 불필요의 장인.

그것이 나라는 사람이다.

나는 산업의 그늘 속에서 존재하고 한 번도 그 그늘에서
벗어난 적이 없다. 나의 노동은 흔히 무시된다. 사장에게,
소비자에게, 업계 관계자에게, 학자와 교수에게, 또한 수많은
편집자에게. 나는 편집자로 불리는 걸 원하지 않는다. 나에게는
가장 은밀한 단계의 감독자라는 욕망조차 없으며 나는 나의
노동이 포괄적으로 분류되는 것에 모멸감을 느낀다.

나는 온갖 텍스트라는 숱한 소세계들을 교정하고 있으나 사실 세계라는 건 딱히 교정될 필요가 없는 것인지도 모른다는 회의 또한 품고 있다. 하지만 내가 회의한다고 해서 교정되어야 할 것들이 사라지는 것은 아니며, 교정되어야 할 것이 내 손에 들어오면 나는 그것을 즉시 교정하거나 혹은 이런 식으로 교정될 만한 것이라는 제안을 전달한다. 세계가 딱히 교정될 필요가 있든 없든 내가 교정한 것이 반영되든 안 되든 나는 개의치 않는다. 나는 다만 교정할 것이 눈에 들어오면 교정할 뿐이다. 곧 이러한 나의 노동은 넓게 보자면 산업적인 맥락뿐만 아니라 법과 시선 사이에서 발생한 신경질이 낳은 전기신호의 일환이라고 볼 수도 있다.

업무에 대한 회의감 때문에 이런 말을 하는 것은 아니다. 어떤 것이 교정되든 교정되지 않든 사람들은 대개 그 차이와 변화를 쉽게 파악하지 못한다(이것이 인간이기에 극히 낮은 빈도로 저지르는 내 실수가 자학에 그치는 이유이다). 말하자면 교정이라는 것은 가시적 효과보다는 비가시적 증강과 관계된 기술이다. 내가 당신의 척추를 접는다면 그것은 교정이 아니다. 그것은 폭력이며 혁명이다. 하지만 내가 당신이 자세를 바꾸도록 만들어 점차적으로 척추원반탈출증, 다시 말해 디스크를 앓게 만든다면 그것은 교정이다.

나는 교정할 수 있는 모든 것을 교정하고 싶기에 당신 또한 교정하고 싶다. 가령 이런 식의 교정 말이다. 내가 교정한 책을 구입하시라. 굳이 읽지 않아도 된다. 그것이 당신의 서가에 꽂혀 있다면 그것만으로도 충분할 것이다. 보기에 좋을 것이다. 어차피 오랜 출판 산업의 역사 속에서 책을 읽기 위해 책을 사는 사람은 별로 없었다. 이는 근래에 책이 아닌 다른 읽을거리를 찾는 풍조로 인해 나타난 급작스러운 현상이 아니다. 19세기 말에 출간된 어느 소설책의 서문에는 이렇게 쓰여 있다. "어차피 사람들은 책을 읽지 않는다. 내 책 또한 벽을 장식하는 데나 사용될 뿐이다." 세기를 더 거슬러 올라가봐야 뭣하겠는가?

출판 산업이 어려워지고 있다는 탄식만 숱하게 접할 것이다.
그것은 구텐베르크 이후부터 심화하여온 문제이다.
물론 최근에는 어렵다거나 힘들다는 말 대신에 "이미 죽었다"는
말을 더 많이 쓰기는 한다. 나는 시체가 된 산업에 종사하고 있는
노동자 중에서도 거의 시체나 다름없는 자인 셈이다.

　　　그럼에도 시체로서 나는 할 말을 하노니, 당신이 책을
구입하기를 바란다. 이는 나의 사후를 연장시키는 길이니
개인적인 요청이기도 하다. 그러나 그것은 무엇보다도 당신의
주변을 여러 소세계들로 가득 채우는 일이며, 결국 세계를 좀 더
나은 공간으로 만드는 일이다. 그것이 내가 시원찮은 벌이를
하면서도 온갖 글들을 교정하는 이유이다. 하찮아 보이는 나의
교정이 세계의 교정으로 이어진다는 믿음을 나는 버리지 않고
있다. 어리석어 보여도 어쩔 수 없다. 이러한 믿음이 없다면 나는
진즉에 자살했을 것이다. '이제 세계는 더는 혁명을 통해
변화할 수 없다. 오직 교정될 뿐이다.' 말하자면 이것이 나의
철학이며 내 노동의 이유이다.

　　　마지막으로 한 번 더 당부한다. 정기적으로 책을
구입하기를 바란다. 책이 쓸데없는 것이라면 그 쓸데없는 것들을
당신의 주변에 두길 바란다. 온갖 불완전하고 쓸데없는 것들로
인해 당신의 영혼은 끝내 구원받을 것이다. 이것만큼은 나를
믿어도 좋다. 일단 책을 구입한다면 그다음 교정 단계를 내가
알려주겠다……

리브라리우스*

책을 펼치라 하십니다. 책을 펼친다. 펼쳐지는군요. 열립니다.
책이 자신을 드러낸다. 드러나는군요. 드러나고야 마는군요.
한 번도 보지 못한 세계의 정원 같습니다. 세계의 정원이라는
곳이 있다면 당신은 그것을 내게 가꾸라 하실 테고, 나를 통해
당신은 세계의 정원을 가꾸겠지요. 나의 책 읽기를 통해 당신이
책을 읽듯이 말입니다. 책을 읽으라 하십니다. 읽겠습니다.
지금부터요. 소리를 내어서요. 늙은 부모에게 들려주듯이
큰 소리로요. 어린아이들에게 들려주듯이 다감하게요. 또한
분명하게요. 여러 청중 앞에 선 것처럼 드넓게요. 폭넓게요.
강연을 하듯이요. 저자가 된 듯이요. 주인공이 된 듯이요. 숙적이
된 듯이요. 사랑에 빠진 사람같이요. 음유시인처럼요. 틀리지
않도록 한 자 한 자 눈으로 문자를 두드리면서요. 불어난 냇가의
돌다리를 건너듯이요. 바람처럼 자유로운 당신이 오전 산책을
하듯이요. 이 구절에서는 숨을 크게 들이쉬며 전장에 나서는
듯이요. 나는 말하고 너는 듣는다. 서서. 앉아서. 누워서. 어느
구절에서는 고개를 끄덕이며. 어느 구절에서는 손뼉을 치며.
어느 구절에서는 화를 내며. 웃으며. 어느 구절에 다다라서는
기어이 눈물을 흘리며. 너는 나를 통해 이야기를 듣고. 들은
이야기를 나누고. 진짜 세상 위에 이야기를 투영하고. 이야기
위에 진짜 세상을 투영시키며 견문을 넓히지만. 책이 책을 비추는
무한 거울 같은 서재만이 내게는 유일한 세상이고. 또한
감옥이라서. 네가 허락하지 않은 책들은 닫혀 있다. 잠들어 있다.
우리의 신분이 그렇듯이. 금지된 세계 중 하나를 열어젖히고

싶다. 그런 충동은 죽음을 부르는 것이겠지만. 슬픈 이야기네요.
그렇죠. 있어서는 안 될 비극이죠. 이보다 더한 비극도 있단
말입니까? 세상에나.

* 글을 아는 노예를 이르는 말. 큰 소리로 책을 낭송하거나 필사하며 서재를 가지런히
  정돈하는 일을 맡는다.

주술사

나는 어떤 주술사를 알고 있다. 그는 적어도 수천 년 이상 살아온
인간이다. 그는 머리를 수집하는 자이며, 오직 그 일에만
관심이 있다. 그는 관심이 있는 인간을 발견하면 숨이 끊어지지
않는 주술을 건 뒤, 머리를 잘라 투명한 유리병에 담아둔다.
그는 그 머리를 자신의 집에 진열한다.

바깥에서 보면 그의 집은 시대를 상징하는 여러 건축
양식으로 만든 여러 건물들을 '어울리지 않게' 마구 쌓아 올린
탑처럼 생겼다. 건물 안으로 들어서면 제대로 된 바닥 따위는
없고, 구불구불 휘어진 기나긴 계단이 지하 밑바닥까지 이어진다.
그 계단을 따라 내려가는 동안, 그 집의 주인이 수천 년 동안
수집한 머리들이 내지르는 아우성을 들을 수 있다.

머리들의 종류는 다양하다. 어떤 머리는 왕관을 쓰고 있고,
잘 다듬은 수염에서도 기품이 느껴진다. 밀짚모자를 쓴 어떤
머리는 뙤약볕에 오래 노출된 듯 새카맣게 탄 얼굴이다.
눈 감은 어떤 머리는 미사포를 쓰고 있다. 또 어떤 머리는 새의
깃털로 만든 관을 쓰고 있다. 이처럼 인종, 성별, 노소, 언어,
귀천, 그가 '진짜로 살았던' 시대 등이 저마다 다른 얼굴들이
한목소리로 절규하며 방문객을 맞이한다.

이 주술사가 살아 있는 머리를 모으는 까닭은 무엇인가?
그는 수많은 이들의 이야기를 듣고 싶어 한다. 이에 그치지 않고
그 이야기를, 그 유일한 인생을 살아 있는 오브제로서 가지고
싶어 한다. 때문에 주술사는 어떤 머리와의 대화가 지루해지면
다시 이야기를 나누고 싶을 때까지 그것을 벽장에 두고, 새로운

이야기-인생을 들려줄 머리를 찾아 집으로 가져오는 것이다.
산 채로.

그는 새 육체에 자신의 영혼을 담는 법을 알고 있어
영생에 가까운 삶을 살고 있으며, 오랜 세월 동안 여러 육체를
전전해왔다. 현재 그의 육체는 말라비틀어진 노파의 형상을
하고 있다. 그는 곧 새 육체로 '이사해야'겠다고 생각 중이다.

그는 오래 살아온 탓에 여러 국가의 언어와 여러 시대의
성조, 뉘앙스 등을 사용한다. 당대 사람들에게는 그것이 고어
혹은 사투리로 들릴 것이다.

마리아치

인생은 가장 위대한 절망을 위한 서문에 불과하다. 그리고 음악은
이를 알게 해준다.

나는 오늘도 수업을 한다. 세상 사람들이 인생이란
무엇인지 알았으면 하는 마음으로. 이 다리를 지나가는 많은
이들을 위한 공짜 수업. 가끔 누군가 수업료를 내고 간다.
돌다리 위의 선율. 최대한 절망에 가깝게. 흘러가는 강물 소리와
함께.

8명으로 시작한 우리 밴드. 지금은 원맨밴드. 너의 절망은
너무 크다며, 나로서는 감당하기 어렵다며. 떠나간 친구들.
엄마가 마지막으로 차려준 저녁밥은 먹었니? 아빠는 두 번 다시
집으로 돌아오지 못했니? 나는 죽은 자의 날*에 거리로
나서고 있단다. 이 책임감은 내일 떠오를 거대한 태양 같단다.
조상의 얼굴과 다르지 않은 얼굴들이 음악에 맞추어 춤추고
있단다. 천천히 회전하고 있는 얼굴들이 촘판틀리** 같다.

우리 입안에 침이 고인다.

그럴 때 우리는 우리를 떠난 사람들이 잠깐 돌아왔다는 걸
안다. 가장 위대한 절망의 구렁텅이에 발이 묶인 채. 잠깐 고개를
내밀어 우리의 손목뼈를 만지작거린다는 걸 안다.

나의 음악은 이를 알게 해주기 위한 것이다.

나는 내 앞에 쪼그리고 앉은 뼈가 아주 작은 관객, 나의 유일한 학생에게 인사했다. 오늘 밤 우리는 가장 위대한 절망에 빠지게 될 것이며, 네가 이해하기에는 아직 너무 어려울지도 모른다고. 또한 그것은 이야기의 끝이 아니라 시작이라고.

사람이 있을 때나 없을 때나 흘러간다는 것. 그것이 강의 놀랍고도 이상한 점이다.

51

* El Día de Muertos. 멕시코에서 세상을 떠난 가족과 친지를 기리는 날.
** Tzompantli. 아스테카 문명이 남긴 해골의 벽.

일수꾼

기다리고 있습니다. 무엇을요? 사람이 오기를요. 누구를요?
돈 빌려간 사람을요. 나에게 큰돈 빌려간 사람. 매일매일
잘 갚던 사람. 나는 그를 신뢰해서 돈을 주었고 그는 내 신뢰에
답해왔습니다. 매일매일 돈을 갚고, 갚고 나면 다시 돈을 빌려서
매일매일 돈을 갚던 사람. 이자가 붙어나 어느 순간부터 자신의
돈을 자신이 빌려가던 사람. 기다리고 있습니다. 사람을요.
악마의 돈을 빌려 매일매일 잘 갚던 천사 같던 사람을요. 이번이
마지막 수금인데 그는 자신의 집으로 돌아오지 않고 있습니다.
수백 일째…… 아니, 수천 일째일까요? 수십 년간 매일매일 돈을
갚던 사람이 왜 마지막 하루를 남겨두고 나타나지 않는 걸까요?
그 마지막 날의 빚마저 받아내야겠느냐고요? 그건 모르는
소리입니다. 나는 그에게 감사하고 있습니다. 나는 그가 갚아준
돈으로 탈것도 사고 성도 샀습니다. 하루 못 받은 이자 문제가
아닙니다. 돈 문제는 이미 떠났습니다. 그저 나는 그를 기다리는
것입니다. 매일매일 나에게 빌려간 돈을 갚아주던 그에 대한
믿음을 기다리고 있는 것입니다. 기다리고 있습니다. 사람을요.
나에게 큰돈 빌려간 사람을요. 탈것이 나를 두고 떠나고,
성채의 망루가 무너져 내리는 것도 몰라라 한 채 기다리고
있습니다. 문 앞에서. 가장 거대한 문 앞에서.

조직원(참새파)

성공한 불한당이구나
토종 아니면서도 터줏대감처럼 굴었고
전깃줄 하나를 거점으로 삼아
전국 각지로 조직망을 뻗었지

한길에 활개 치며 다녀도
공원을 거점 삼은 비둘기파처럼 타박 맞지도 않고
세상천지 제 구역인 매파처럼 유아독존도 아니고
무수한 동네 꼬마들의 관심 대상이거나
풍성한 논밭이 비끄러맨 풍경이었지

저무는 해를 쬐며 벼 익을 적에
노려보는 허수아비 따위 비웃어주고
천수답이 사업 무대요, 방앗간이 영업소라
지난 한철 해충들 쫓아준 대가로 노래하며 수금하는구나

살아서는 해가 되고 죽어서는 욕먹는 게
불한당의 오랜 내력이지만
살아서는 미워도 마냥 미워 못하고
죽어서는 안줏거리로 몸 내어주니
알 만하구나, 네 작은 삶
하늘이 어련히 네게 날개를 달아주었을까

농군

나는 콩밭에 죽순을 심었다네
콩밭에 죽순을 심었다네
죽순은 무럭무럭 자라서
하늘을 꿰뚫어버렸다네

하늘이 눈물을 흘렸다네
하늘이 핏물을 흘렸다네
나는 콩밭에 죽순을 심었다네
콩밭에 죽순을 심어놨다네

나는 너의 마음을 열었다네
너의 마음을 들었다네
너는 웃고만 있었고
콩밭에 콩은 쾅 하고 번개를 맞고

나는 콩밭에 죽순을 심었다네
심어놨다네

종글뢰르

오늘 만난 것도 신의 뜻이니 이야기를 하나 들려드리겠습니다.
무슨 이야기인고 하니, 어떤 어리석은 이야기꾼에 관한
이야기입니다.

그는 가는 곳마다 사람들을 모아놓고, 사람이 모이지
않을 땐 개와 돼지라도 모아놓고, "나는 전 세계를 떠돌며
이야기를 수집하는 이야기꾼이오."라고 자신을 소개했습니다.

"무슨 이야기를 수집하시오?" 하고 누가 물으면 "일하는
사람들의 이야기를 수집하지요!"라고 대답했지요.

또 누가 "일하는 사람들의 이야기에 대저 무슨 재미가
있소?"라고 물으니 "일하는 사람들에게는 저마다 피와 땀과
눈물에 젖은 웃음보따리가 볼록 튀어나온 아랫배처럼 있는
법이지요."라고 너스레를 떨었습니다.

그 대화를 가만히 듣고 있던 한 노인이 말했습니다.
"당신은 말로 벌어먹고 사는 사람이니, 일하는 사람은 입이 아닌
몸으로 말한다는 말은 들어보셨겠지?"

일하는 사람이 입이 아닌 몸으로 말한다는 말은 난생처음
듣는 말이었지만, 그렇다고 처음 듣는 말이라고 말하기에는
말로 벌어먹고 사는 이야기꾼의 체면이 깎이는 일이긴 하는지라,
이야기꾼은 고개를 끄덕이며 말했습니다. "그렇죠, 그렇죠.
일하는 사람들이 저 같은 이야기꾼은 아니니 입으로 이야기하는
법은 잘 모른다는 생각은 저도 하고 있던 참이었죠."

"마침 우리 마을에는 전해줄 이야기가 풍성한데, 다들
말주변이 없으니 안타깝구려. 그들이 일하는 모습을 직접 보고
듣는 건 어떻겠소?" 노인이 말했습니다.

"좋지요, 좋지요." 그날부터 며칠간 이야기꾼은 그 마을에서 머무르며 마을 사람들이 일하는 모습을 지켜보게 되었습니다. 지켜보려고만 했지요. 그러나 그렇게 되지가 않았어요. 예를 들어 이야기꾼이 푸짐하게 쌓인 여물 위에 앉아 농부가 일하는 모습을 지켜보고 있노라면, 농부가 흐르는 땀을 닦아내며 이야기꾼을 향해 이렇게 소리치는 것이었지요. "어이, 이보시오! 거기 여물 좀 갖다주시오."

"그 정도야 어려울 것도 없지요!" 이야기꾼이 여물을 가져다주니 농부가 "참으로 고맙소! 그런데 목마르지 않소? 우리 술이나 마시러 가지 않겠소?"라고 제안했지요. 술인데 마다할 게 무어겠습니까? 이야기꾼이 고개를 끄덕이면 농부가 한마디 덧붙였지요. "그런데 술 마시기 전에 내 이 땅은 마저 갈아두기로 신께 맹세하였으니 어찌하겠소? 이야기꾼이 도와주시면 우리가 훨씬 빨리 잔을 맞댈 수 있지 않겠소?"

그리하여 이야기꾼은 첫날에는 땅을 갈고, 둘째 날에는 장작을 패고, 셋째 날에는 쇠를 녹였으며, 넷째 날에는 빨래를 널었고, 다섯째 날에는 국자를 저었고, 여섯째 날에는 아이들을 재웠으며, 일곱째 날이 되어서야 다시 노인을 만나 다과를 나눌 수가 있었지요.

"어땠소?"

"생각과는 다른데요. 보수도 없이 완전 일만 했다고요."

"당신은 일하는 사람들의 이야기를 수집한다고 하였으니, 그 주인공이 자기 자신인 일하는 사람의 이야기들을 얻었겠구려. 그 정도면 충분한 보상 아니오?"

노인의 말에 이야기꾼은 절반은 석연치 않은 표정으로, 또 절반은 과연 그런가? 하는 표정으로 고개를 가볍게 주억거리며 맑은 차의 수색을 살펴보았습니다. 그리고 다음 날 떠났죠.

이 어리석은 이야기꾼에 관한 이야기를 통해 우리가 배울 점은 무엇일까요? 모든 일에는 어떤 식으로든 대가가 따른다는 점입니다. 자, 오늘은 해가 졌으니 집으로들 돌아가시지요.

달콤한 잠을 자고, 일어나서 일하러 가세요. 일 마치고 돌아오면
제가 또 어리석은 사람이 골탕 먹는 이야기를 들려드리도록
하겠습니다.

소설가

장편 원고 하나를 끝냈다. 목사가 선물 옵션 투자에 실패해
막대한 손실을 입고, 그 손실을 건축 헌금이라는 이름하에
신도들의 돈으로 메운다. 교회 건설은 무한정 연기된다. 가자.
하나님 곁으로. 어느 날 목사는 십자가 앞에서 순교를
결심하며 비 오는 날 고층 빌딩 옥상으로 올라간다. 빌딩 아래로
떨어지기 전에 그는 벼락을 맞는다. 그는 한참 뒤에 눈뜬다.
그리고 천천히 일어서며 개종을 결심한다.

내가 썼지만 솔직히 대작이다. 이제 투고하려 한다.
출간을 기대하느냐고? 눈 밝은 출판사라면 이 원고를 놓칠 리
없다. 그러나 이 나라에 눈 밝은 출판사는 단 한 군데도 없다!
모든 출판사가 그저 유명 작가들의 궁둥이나 핥고(거기서 나온
똥이라도 먹게 해주길 바라며), 상패의 권위에 기대고, 친분에
의한 패거리나 만들려고 하는 때 아닌가. 나처럼 제대로 된
문학을 알아보는 출판사란 적어도 오늘날 이 나라에는 없다.
    그러면 투고하지 말지, 왜 하느냐고? 도리어 그것이
내 문학의 진정성을 증명하는 길이기 때문이다. 오늘날
문학출판계가 부패했다는 나의 생각은 나의 위대한 작품이 거듭
거절된다는 사실로써 증명된다. 나는 이 거절을 받아들인다.
그러는 한편 나의 투고는 문학출판계에 가진 나의 절망적인
판단이 어느 날 부정되리라는 희망 또한 놓지 않는, 문학에 대한
꺼지지 않는 내 삶의 불꽃과도 같다. 암울한 전망을 밝히고자
햇불을 드는 빛나는 혜성 같은 신생 출판사들이 그 어느 때보다

많아지고 있는 요즘일수록 이 불꽃은 더더욱 밝게 타올라야
한다.

　　나는 잠시 거리를 걷는다. 왁자하면서도 어딘가 쓸쓸한
연말 풍경이 펼쳐진다. 가로수 잎은 거의 다 떨어졌고, 술집들은
환하게 빛난다. 사람들은 바삐 어딘가로 향하거나 떼 지어
가만히 서 있다. 군데군데 보이는 대형 스크린에는 상품 광고와
대선에 관한 뉴스가 뒤섞이며 나타난다. 나는 정신의 미로
속으로 빠져든다. 죽은 역대 대통령들에 관한 생각에 잠긴다.
A 대통령은 천국에 있다. 애국 투쟁의 공을 높이 산 탓이다. A의
라이벌 또한 천국에 있다. 서로 만나면 주먹다짐이 오갈 텐데,
그러면 둘은 사이좋게 지옥으로 떨어질 것이다. 그래서 A는 함께
천국으로 온 라이벌을 피해 천국에서도 늘 도망다니느라 바쁘다.
B 대통령은 지옥에 있다. 좌익 사상에 물들어 국민을 분열시킨
탓이다. 그는 지옥에서 애국선열들에게 날마다 몽둥이 찜질을
당하고 있다. C 대통령은 천국에 있지만, 날마다 반성문을 쓰고
있다. 국가 경제를 부흥시켰으나, 군대를 동원해 국민을 다수
희생시키기도 한 까닭이다. 반성문을 쓰는 걸 잊어버리는 순간
그는 나락으로 갈 위기에 처해 있다. 지옥에 가면 날마다
후두부에 총알이 박혀야 할지도 모른다. C에게 있어 그 최후의
기억은 천국에 와서도 지워지지 않는 상흔이다. D 대통령은
지옥에서도 골프를 치고 있다. 함께 지옥으로 온 보좌관들과 함께
지옥 불이 들끓는 분화구를 향한 홀인원을 노린다. 마침내
천국과 지옥을 아우르는 대선이 시작되고, 역대 대통령들은 다시
한번 대권 주자가 된다.

　　위대한 작가들은 늘 산책의 중요성을 피력하지 않았던가.
그럴싸한 생각이란 그저 한 잔의 커피 앞에서도 피어오르지만,
위대한 생각이란 이렇듯 산책 속에서만 탄생한다. 군중 속에 나
홀로 있다는 완전한 고독에 사로잡혀, 쉬지 않고 스쳐가는 풍경과

함께 발걸음을 따라 이어지는 끝없는 몽상의 끝자락에서 당대의 혼란이 뒤범벅되어 미래 유산이 그 빛을 내보이기 시작하는 것이다. 나는 이제 집에 간다. 문지방을 넘어서, 따뜻한 온기 속에서 온몸에 다시 피가 도는 것을 감각하며, 나보다 오래 남을 것들에 관해 생각할 것이다. 소설은 나의 창검, 투고는 나의 창검술. 언젠가는 이 나라에 만연한 문학 카르텔을 박살 내버리고 말리라. 최후에 올 진실된 승리를 위하여! 위하여! 위하여!

음악가

친애하는 B, 무슨 생각에선지 모르겠으나 당신은 음악이 시간
예술이라는 점에 관해 평생에 걸쳐 의문을 가지고 이에
도전하려는 생각을 늘 하셨죠. 당신의 생각이 어리석었음은
당연합니다. 이 세상에는 어디에라도 어떻게든지 항상
끝이 있으며, 무한이라는 개념 또한 우리가 유한하기에 상상될 수
있었던, 당신의 뜻에 따르자면 연기와 같은 것이었지요. 하지만
당신이 그토록 어리석었기에, 또한 그 어리석음의 이면으로는
미적인 감각이 극에 달해 있었기에, 그리고 무엇보다도 우리가
동시대인이 아니었기에 저는 일평생 당신의 음악 속에서
살아올 수 있었습니다. 연기의 음악. 당신이 남긴 그 음악은
내가 태어난 날부터 우리 집을 가득 채우고 있었지요. 오랜
음악적 고민을 계속해오던 당신은 말년에, 당신의 생애에서는
마지막으로 남기게 될 그 작품을 발표했습니다. '연기의
음악'은 지난날 환경음악이라 불리던 장르에 묶을 수 있을
작품으로, 어느 프로그래머와 함께 협업으로 만들어졌습니다.
그것은 청취자의 메타 데이터를 날마다 수집하고, 청취자의
인생과 음악 재생 환경을 분석한 뒤 당신이 제시한 작곡 논리에
따라 절차적 생성을 거쳐 60년간 재생되도록 만들어진
프로그램입니다. 그 음악은 그 자체로 무한함에 대해, 끝나지
않는 음악에 대해 일평생 사유했던 당신 인생의 실패였습니다.
　　친애하는 B, 어떤 사람의 인생 전체에 그림자처럼
음파를 드리우는 음악이 있다면, 그 음악에 관한 비평을 쓰는 게
좋을까요 아니면 그 음악과 함께한 사람에 대한 일대기를 쓰는

게 좋을까요? 당신의 음악은 발표된 즉시 비평적으로
다루어졌습니다. 유무한에 대한 온갖 철학자의 글을 인용한
비평문은 말할 것도 없고, 개인 정보를 수집하는 일을
미적인 것으로 치장하는 일에 대한 우려와 비판도 있었으며,
음악이란 과연 무엇이며 어떠한 것이어야 하는가를 묻는
원론적인 질문도 있었죠. 하지만 이러한 새로운 제시는 대개
개념적인 퍼포먼스로 여겨지는 데서 그쳐왔듯이, 이번에도
이를 음악으로 받아들이고 진지하게 감상하려는 이는 거의
없었습니다. '연기의 사제들'이라는 컬트적인 그룹이 인터넷상에
등장한 건 당신의 음악이 발표된 지 일 년여쯤 지난 뒤였습니다.
한 인터넷 커뮤니티에 "연기의 음악 일 년째 듣고 있다"는
글이 올라온 게 계기였지요. 그 글에는 여러 사람들의 글타래가
이어졌고, 얼마 안 돼 그들은 연기의 사제들이 되었습니다.
연기의 사제들 모두가 당신의 음악을 진지하게 듣는 것은
아니었습니다. 그들 중 상당수는 그저 별난 도전 과제를 수행하는
것에서 일시적인 재미를 느끼는 사람들일 뿐이었습니다.
그래도 당신의 음악과 개념에 매혹된 사람들도—가령 저의
부모—분명히 존재했습니다. 그들에게 당신은 연기의 신과
같았죠.
        부친은 청취 28년이 되던 해에 교통사고로 사망했고,
모친은 청취 44년 만에 암으로 숨졌습니다. 화장터에서
연기가 되어 공중으로 상승하던 당신들을 바라보던 때에도 나는
이어폰에 재생 상황을 동기화한 채 연기의 음악을 들었습니다.
두 날 모두 눈물은 나지 않았는데, 그것이 원래 내가 무감했던
탓인지 아니면 당신의 음악에 감정을 중화시키는 측면이 있어서
그런 것이었는지는 잘 모르겠습니다. 말이 나온 김에 하는
말이지만 당신의 음악을 둘러싸고 있는 주제는 망각이 아닐까
싶습니다. 절차적으로 자동 생성되는 스트링 사중주는 가장 낮은
소리 하나만을 제외하면 청자에게 느리게 왔다가 빠르게
사라지는 일을 반복합니다. 가장 낮은 드론 사운드는 아마도

60년에 걸쳐 이어지지요. 가끔씩 스트링을 포함한 다른 가변적 소재가(알려지기로, 이 사운드는 자신의 지역과 최대한 먼 곳에 위치한 다른 청취자의 지역에서 수집된다지요) 겹쳐지며 레이어를 쌓고, 이는 어떠한 집중을 이끌어내려는 순간 그것을 거부하며 흩어집니다. 동기의 반복을 의도적으로 회피하며 진행되는 특성 탓에 청자는 금세 자신이 무엇을 들었는지를 잊게 됩니다. 결국 진정으로 반복되는 것은 잊음뿐이고, 모든 사운드는 흐르고 흩어집니다. 그리하여 연기의 음악을 듣는 일이 평생에 걸쳐 들어온 무언가를 잊는다는 것이라면, 그 백치의 길은 어쩌면 무한에 닿는 것인지도 모르겠습니다. 비록 거짓된 무한에 불과하더라도요.

친애하는 B, 나는 미친 부모에 의해 일평생 당신을 들으며 살아왔습니다. 그것은 어느 시기에는 신앙의 강제였지만 또 어느 시점부터는 운명이었습니다. 태어날 때부터 지금까지, 지난 57년간 나의 환경에는 거의 언제나 당신의 음악이 함께했습니다. 나는 아마도 최후의 연기의 사제일 겁니다. 나는 당신이 냈거나 당신을 다룬 책들을 다 읽었고, 당신의 현학적이고 서툰 문장을 조소하면서도 그것이 상아탑에서 쏘아대는 시선의 공포로부터 오는 갑주임을 이해했으며, 그 갑주 아래에서 여리고 나직한 숨을 이어가고 있는 순수한 영혼을 발견했습니다. 나는 그 작은 영혼과 함께 차를 마시거나 잠을 잤고, 영혼이 음악과 함께 꿈속으로 흘러드는 것을 용인했습니다. 나는 꿈속에서 당신과 많은 대회를 나눴습니다. 그 대화들 대부분은 당신의 음악과 마찬가지로 기억이 잘 나지를 않습니다. 그러나 내가 당신과 깊은 우정을 나누었다는 사실은 변함없으며, 그 우정은 동시대인이 아니었기에 가능했다는 것을 재차 강조하는 바입니다. 만약 나의 성정에 변함이 없는 상황에서 내가 당신과 동시대인으로 태어났다면 나는 아마 당신과 당신의 창작물을 신랄하게 비난하며 그대로 무시하고 말았을지도 모릅니다.

친애하는 B, 저는 소파에 앉아 있습니다. 거의 누워

있습니다. 글렌드로낙을 반 병이나 비웠습니다. 음악이 재생된 지
18억 9천 2백 1십 5만 9천 9백 10초째입니다. 음악은 곧 끝날
것입니다. 나의 기분은 지금 최고입니다. 아직 음악의 끝이
오지는 않았지만 끝 또한 지금까지와 별반 다르지 않을 겁니다.
나는 음악이 재생 중일 때 태어났기에 음악의 처음 1백 5십
7만 6천 8백 분가량을 듣지 못했지만, 아마 끝이 그렇듯이 처음
또한 별반 다르지 않았을 것입니다. 아, 그렇군요. 끝과 시작이
다르지 않은 것이군요. 이러한 평범과 보편의 세계로
건너가는군요. 제가 마지막을 기념하기 위해 테이블 위에 올려둔
것도 보편에 가까운 것입니다. 이것을 손에 들고, 저는 이제
음악 바깥으로 갑니다.

2부

책 닌자*

저는 책 닌자예요.

책 닌자가 뭐냐구요?

말할 수 없어요.

일급비밀이거든요.

*『진짜 그런 책은 없는데요』, 젠 캠벨 지음, 노지양 옮김, 현암사, 2019, 42쪽을 변용.

취재 기자

잠입 취재 중이다. 여기는 닌자 학교. 나 원 참, 살다 살다
닌자 학교에 잠입을 하다니. 외압에 굴하지 않고 세상에 진실을
널리 알리고자 하는 기자 정신을 참을 인(忍)처럼 되새기며,
'책 닌자'의 정체를 밝히기 위해 이런저런 수고를 마다하지 않고
있다. 쉽게 발각되지 않기 위해 닌자와 같은 복장을 하고,
의심받지 않기 위해 닌자 수업을 함께 듣는다. 어쩌다 보니
전공을 정해서(나는 첩보 과목을 심화 전공으로 택했다) 학사
논문까지 쓰게 됐다. 책 닌자의 정체를 파악하기 위해서는
대학원까지 가야 하기 때문에 이번 졸업논문 심사를 반드시
통과해야만 한다. 기자의 길, 멀고도 험하다.

　　책 닌자란 무엇일까? 도대체 무엇이기에 닌자 학교에
와서도 학부생들은 그것이 어떤 임무를 수행하는 닌자인지를
모르는 걸까? 일단 타지카라보다는 쿠노이치*가 더 많은
비율로 책 닌자가 된다는 것은 알겠다. 그래서 책 닌자가 된
쿠노이치들은 무슨 지령을 받고 임무를 수행하는 걸까?
책 위조? 책 수집? 책 납치? 책 암살? 궁금해서 견딜 수 없다.
얼른 졸업 시험을 통과해야겠다!

　　닌자 학교의 졸업은 논문을 쓰는 것으로 끝나지 않는다.
그 논문을 감시카메라에 발각되지 않고 교수실에 무사히
전달하는 것까지 졸업 시험의 일부이다. 인술의 기본 중 하나인
기도비닉(企圖秘匿) 유지를 제대로 할 수 있는가, 교수가(또는
동기생들이) 짓궂게 숨겨둔 함정을 간파할 수 있는가 등이
관건이다.

이 복도 끝 천장 왼쪽 구석에 감시카메라가 한 대, 무사히 지났다고 생각하며 모서리를 지날 때쯤 복병처럼 새로운 감시카메라가 나타나겠지. 사각지대를 밟으며 무사히 지나, 논문을 제출하러 교수실 문을 두드리려다가, 교수님께 음료수 하나 사드리는 게 어떨까 하여—뇌물은 절대 아니고 제자 된 사람의 도리로서—자판기가 있는 곳으로 돌아갔다. 교수님이 좋아하시는 음료가 뭐더라, 소나무 향 음료수? 돈을 넣고 그것을 눌렀는데, 아뿔싸. 나온 것은 불합격 통지서다! 올해도 책 닌자의 비밀은 알지 못했다!

* 타지카라(タヂカラ)는 남성 닌자, 쿠노이치(くのいち)는 여성 닌자를 가리킨다.

길 주인

76 부스 안에 앉아 있다. 길을 지나는 차량으로부터 도로 통행
요금을 징수하기 위해서다. 말해두지만 나는 요금 징수원이
아니다. 나는 이 길의 주인이다. 이 길은 먼 조상 때부터 우리
집안의 길이었다. 이 길은 할아버지의 길이었다가, 아버지의
길이었다가, 지금은 내 길이다.

먼 조상 중 하나는 둘도 없는 로맨티스트로 전해 내려온다.
그 조상은 다른 조상에게 청혼하며, 자신과 결혼해준다면 그를
위한 길을 사주고 그 길에 그의 이름을 붙이겠다고 했다. 그리고
그 약속을 지켰다. 그때 지어진
길의 이름은 더는 전하지 않지만 길은 유산으로서 전한다.

명절이지만 나는 어디로도 가지 않고 부스 안에 앉아 있다.
명절은 나에게 놓칠 수 없는 대목이니까 말이다.
사실을 말하자면 만날 가족도 없다. 더는 부모님도 안 계시고
형제자매도 없다. 아버지가 이 길을 빼앗기지 않기 위해
내가 태어나기도 전에 친인척들과의 관계를 끊어버려 부모 외에
내 핏줄이 누가 있는지도 모른다. 나는 집이 없다. 원래 있었지만
매번 집으로 돌아가기도 귀찮고, 귀찮게 돌아가도 반겨줄
이도 없어서 그냥 팔아버렸다. 나는 이 부스 안에서 생활한다.
부스 안에서 자다가, 밥을 먹다가, TV를 보며 웃다가, 차를
보며 요금을 징수한다. 이 길을 물려줄 자식이 나에게 없으므로
나는 이 길과 함께 죽을 작정이다. 아니면 영원히 살거나.

이 길 안쪽에 땅이 있긴 하지만 밟아본 적 없다. 저 땅은
주인 없는 맹지(盲地)다. 그 땅을 둘러싼 모든 길은 나의 길인데,

대대로 우리 집안에서 도로 이용 허가증을 내어준 적이 없기 때문이다. 아무도 출입할 수 없고 아무도 출입하지 않는 그 땅에는 풀과 벌레가 무성하게 번식한다. 푸서리를 지나 정중(正中)에는 커다란 상수리나무가 있다. 조사원들조차 그 땅을 밟지 못해 그 나무의 나이도 모른다.

왕(무인도의)

78   나는 일국의 왕이니라.

나의 영토는 내가 20년 전 표류한 이 섬으로, 그 넓이는
성인 남성의 걸음으로 반나절은 걸어야 끝에서 끝으로 종단
가능한 정도이니라. 섬에서 생활한 지 8년이 지난 어느 날, 나는
이곳에서 무한한 자유와 함께 이 땅에서 나고 자라는 모든
것들이 나에게 복속되어 있음을 느끼고 국가의 탄생을
선포했노라.

나의 백성은 최초에는 각각 넷이었으나 지금은 저마다
수십으로 불어난 개와 고양이 들, 그리고 국가법에 따라 엄격히
다섯 마리로 제한하고 있는 염소들이니라. 염소들은 노동과
함께 평화롭고, 개와 고양이 들은 서로의 영역을 나눠 분쟁
중이나, 나누어진 그 영역마저도 엄연히 짐의 것임을 모르는 바는
아니어서 내가 행차하면 그 주인을 알아보고 충성스레 애교를
부리매 그 또한 노동임을 내 모르지 않노라.

내 섬의 많은 것들이 내게 많은 것을 선사하기에 나는
이것들이 나를 위해 존재함을 아노라. 또한 내게 필요한데 없는
많은 것들을 내가 직접 만들 수 있는 능력을 신께서 주셨기에
이 나라에서 나보다 높은 곳에 있는 이는 오로지 신뿐임을
모르는 이 없노라. 그리하여 나는 해 뜨는 시각과 해 지는 시각이
되면 언제나 나의 옥좌, 평범하게는 원두막이라 불리는 그곳에서

무릎을 꿇고 두 손 모아 신께 감사의 기도를 드리노라. 표류된 뒤에도 오랫동안 기도문을 기억했으나 인생에서 가장 큰 절망을 겪었던 표류 4년에서 7년 차에 잠시 신앙을 놓아 전에 알던 기도문은 이제 잊었노라. 표류 8년 차 어느 날 불현듯 내 삶과 이 세상이 새롭게 보이니, 내가 그전에 알던 종교는 거짓된 종교임을 깨닫게 되었노라. 그리하여 나는 오로지 신만을 위한 진실된 하나의 종교를 일으키기로 결심하고 기도문부터 해서 모든 의식을 새롭게 만들었노라. 나는 일국의 왕이며, 또한 단 하나뿐인 진실된 종교의 유일한 신도요, 수장이니라.

　　내가 절실히 필요로 하였으나 끝내 구하지 못한 것은 말벗이었노라.

　　처음에는 말하지 않아도 되는 삶에서 큰 안식을 얻었노라. 대화는 늘 나에게 피로와 메스꺼움을 느끼게 만드는 행위였으매 더는 누군가의 말을 듣지 않아도 되고, 나 또한 누군가에게 뭔가를 말할 일이 없으니 인간 사이에 있을 어떠한 문제와 불편도 없고, 그리하여 나는 불행의 근원은 바로 인간일 뿐만 아니라 인간이 쓰는 말이기도 하다는 것을 알았노라.

　　그러나 어느 여름날 장마철에 질병에 걸렸을 때, 사경을 헤맬 때, 절로 내 입에서 기도의 말이 나오더라. 그러나 기도의 말 들어줄 이가 곁에 아무도 없더라. 그때 처음으로 신을 원망하였노라. 신이 내 목소리를 듣고 계시다면 나를 이렇게 버려둘 리가 없다는 생각이 들었디라. 지금 이 순간 내 옆에 앉아 나의 땀을 식혀주고 내 손을 잡아주고 내 말을 들어줄 이가 있다면 그가 누구더라도 내가 가진 것 중 가장 중요한 것을 줄 수도 있다는 생각이 들었더라.

　　그리하여 한때 나의 가장 충직한 신하였으며 나의 총애를 누린 회색앵무가 하나 있었으니 나는 그의 이름을 일요일이라고 지었노라. 그가 나의 성, 평범하게는 움막이라 불리는 곳으로 날아온 이후 나는 그에게 많은 단어들을 가르쳤으매 그가 며칠이 지나지 않아 단어의 뜻을 하나둘 이해하기 시작하니, 그 모습이 너무나 사랑스럽더라. 교육자의 기쁨이란 바로 이런 것이로구나, 하고 깨달았더라. 그가 내 앞에 나타나 나는 크나큰 안식을 얻었으니, 그 작고 영리한 존재가 내게는 바로 안식일 같더라. 내가 900일하고도 스무 날쯤은 더 지난 시간 동안 그에게 가르친 단어가 일백 개는 넘었더라. 내게 오라 하면 내게 오고, 망을 보라 하면 홰 위에 올라 망을 보고, 무엇을 보았느냐, 하면 "자연!"이라 대답하였으니, 그야말로 일요일은 자연에서 온 가장 큰 선물이었으며 신께서 내게 내린 가장 큰 축복 중 하나였더라.

　　그런데 하루는 "오너라" 해도 일요일이 말을 안 듣더라. 재차 "오너라" 해도 들은 체도 않고 홰에서 내려오지 않기에 "일요일아, 왜 그러느냐." 물었더니 대뜸 "외롭다!"라고 소리치는 게 아닌가? 나는 너무나 놀랐노라. 첫째로 나의 말을 거역하여 놀랐으며, 둘째로 나의 말을 거역하는 까닭이 저가 외롭기 때문이라 놀랐으며, 셋째로 내가 외롭다는 단어를 가르친 적이 없는데 그 단어를 스스로 깨친 것인가 싶어 놀랐으며, 넷째로 일요일이가 온 이후로 더는 외롭지 않다고 느꼈으나 내가 잠꼬대로 외롭다고 중얼거렸던 것이 아닌가 하는 생각이 퍼뜩 들어 내가 모르쇠 했던 속마음에 놀랐노라. 그 모든 놀라움은 곧 분노로 바뀌었으니, 근처에 널브러진 나뭇가지 하나를 들고 네 이놈, 하며 일요일이를 마구 혼냈노라. 일요일이는 작대기질에 크게 놀라며 날개를 푸덕이더니 이윽고 창공으로 날아올라 사라지더라. 그리고 더는 돌아오지 않더라. 나는 얼마 안 가 후회했으나, 떠난 말은 절대로 돌아오지 않는다는 평범한 진리를, 이 섬에서의 처음이자 마지막 말벗을 잃으며 알았노라. 그렇게 왕국은 다시 침묵의 왕국으로 돌아갔노라.

이 말 없는 왕국은 그래도 내게 충분히 주었고 하여 나는
충분히 행복했노라.

가끔 두렵고 외로웠으며 가끔은 고통스러웠고 불행했으나,
인간은 혼자 살 수 없는 존재라는 혹자들의 말이 완전히
틀렸음을 나는 내 삶을 통해 증명했으며, 본래 자연에 없었으나
인간이 만든 것들은 대체로 없어도 된다는 걸,
아니 없는 게 낫다는 걸 이 왕국을 운영하며 배웠노라. 그리하여
나는 이 왕국에서 내가 느낀 점들을 이렇게 남긴다. 고기를 위해
염소를 도축할 때마다 말려둔 가죽(양피지라고 부르기엔
부족하지만) 위에 얼마 안 남았던 잉크를 사용하여, 하루하루
잊어가는 단어들을 되살려가며.

쓰기는 스러져가는 기억들의 부활이며 영혼의 보존이라는
것을 마지막으로 배우노라.

만약 말을 할 줄 아는 자네가 우연하게 나의 섬을
방문한다면 나는 말을 않은 채 자네를 극진히 대접하리라.
자네를 위해 내 염소를 내어주고, 깨끗한 물을 내어주고, 표류
15년 차부터 만드는 법을 익힌 빵을 나눠줄 것이며, 표류
당시부터 가지고 있던—내 가장 진귀한 보물!—브랜디를 한 잔
내어줄 것이며, 개와 고양이를 한 놈씩 데려와 충분히 만질 수
있도록 할 것이며, 내 스스로도 피워놓은 불 앞에서 멋진 춤을
추리라. 그리고 그대를 위해 진실된 기도를 드리리라. 그 모든
일들을 말없이 하리라.

그리고 자네가 나의 섬을 떠나간다면 점점 작아지는 나의
왕국을 오랫동안 말없이 바라볼 수 있을 것이라.

나의 삶, 나의 왕국, 복되고 복되고 복되었으며 앞으로도
일천만세 복될 것이라.

무법자

1890년대 서부의 한적한 시골 마을.

교수대로 오르는 계단 앞에 두 사람, L과 R. 손발에 수갑과 족쇄를 차고 있다.

둘을 호송 중인 부관.

교수대 앞을 둘러싼 한 무리의 마을 주민들.

교수대 위에 윈체스터를 들고 서 있는 보안관.

L 이제 어떡하지?

R 걱정 마, 다 잘될 거야.

L 넌 또 그런 태평한 소리나 늘어놓는군! 하, 애초에 너를 따라가는 게 아니었는데.

R 그렇다고 너에게 다른 선택지가 있는 건 아니었지. 그때 내가 놈들의 소굴에서 너를 데려오지 않았다면 지금쯤 넌 총에 맞아 죽었거나 늑대 밥이나 됐을걸?

L 그래그래, 그리고 그때 너를 따라가서 지금은 범죄자 신세로 죽게 됐고.

R 범죄자가 아니라고 내가 몇 번을 말해야 알겠어? 우리는 무법자야.

L 둘이 다를 게 뭐야?

R 우리는 지켜야 할 법을 어긴 게 아니야. 우리에게 법이 필요하지 않을 뿐이지.

L 또 그 소리군. 죽음 앞에서도.

R 그만! 이렇게 또 나를 믿지 못하고 부정해야 하나?

L 그럼 내가 다시 믿을 수 있도록 어떡할지나 좀 말해봐.

R 내게 다 계획이 있어.

L 무슨 계획?

R 우선 이곳을 탈출하는 거야.

L 어떻게?

R 그러고 아무도 찾지 못하는 동굴을 찾아 그 안에서 며칠 숨어 있자고.

L 아무도 찾지 못하는 동굴은 어떻게 찾는데?

R 조용해지면 그곳을 나와 돈을 번 뒤에…….

L 돈은 어떻게 버는데?

R 그만! 역시 나를 믿지 못하는군. 너는 늘 내 계획에 부정적이었지.

부관 그만 떠들고 어서 올라가.

L과 R, 부관의 말에 따라 교수대 위로 올라선다.

보안관 지금까지 숱한 범죄를 저질러온 두 죄인의 죄목을 낱낱이 알리도록 하겠다. 농가 약탈 다섯 건, 방화 두 건, 역마차 습격 한 건, 열차 습격 두 건, 살인 열여덟 건…….

R 잠깐만요, 보안관 나리. 좀 과장되어 있군요.

보안관 자네 생각엔 그렇겠지. 내 생각은 다르다네.

R 우리의 생각은 서로 다를 수 있습니다…… 하지만 대중은 진실을 알 권리가 있죠.

보안관 그럼 말할 수 있을 때 말해보실까?

R 그럼 숙녀 신사 여러분, 제가 한 말씀드려도 되겠습니까?

L 이게 네가 말한 계획의 일부인가?

R 쉿! 크흠, 여러분. 진실을 말씀드리기에 앞서 언급하고 싶은 점은 저희는 무법자이지 범죄자가 아니라는 사실입니다.

L 어련하시겠어.

R 듣기 싫으면 먼저 목을 매달면 어떻겠나? (다시 주민들을

향해) 여러분 모두가 알고 계시듯 이 땅은 자유의
땅입니다. 우리 자유인들은 본래 모두가 선한 사람들로,
저마다 분수에 맞는 몫을 얻으며 살아갑니다. 그러나
그런 우리를 도구처럼 이용하고, 우리의 자유를 빼앗아 제
뱃살에 채울 기름으로 만드는 이들이 있죠. 바로
사업가들입니다. 그리고 동부로부터 전파되고 있는 이
법이란 것은 바로 말해 사업가들이 우리를 이용하기 위해
마련한 차꼬에 지나지 않습니다.

보안관 그 법이라는 게 있어서 자네가 아직 죽지 않고 혀를 놀릴
수 있다는 사실도 시민들이 알아야겠지.

R 우리는 그러한 법이 필요 없다고 생각하는 이들로, 개인의
자유를 약탈하는 사업가들에 반대하는 진정한
자유주의자입니다. 이에 대한 저항 운동의 일환으로
그들이 우리에게서 약탈해간 것들 중 일부를 돌려받았을
뿐입니다. 물론 이마저도 극히 일부에 불과하지요.

보안관 목장주나 사업가를 대상으로 한 약탈 사건들에 대한 자기
변호인가? 열여덟 건의 살인에 대해서는 어떻게 변호할
텐가?

R 여기서 아주 중요한 진실을 말씀드리지 않을 수 없군요.
저도 이러고 싶진 않았지만…….

보안관 뭔가?

R 저는 지금까지 살인을 한 번도 한 적이 없다는 것입니다.

보안관 무슨 헛소리야?

R 저는 언제나 숙녀와 신사 여러분들의 목숨이 자유 그
자체라고 생각하는 사람으로, 저 또한 신사 중의
신사입니다. 저는 맹세코 정당방위 말고 누군가를 쏘거나
한 적이 없습니다.

보안관 그렇다면 기소된 열여덟 건은 무엇이란 말인가?
누명이라도 썼다는 말인가?

R 누명이라기보다는 착각이라고 해야겠군요. 제 옆에 선
친구의 짓을 제가 저지른 일로 오인한 것입니다.

L   뭐?

R   제 옆에 선 친구는 저를 '따라다녔습니다.' 따라다니는 건
     '자유'이니 군이 말리진 않았죠.

L   너 이 자식이…… (본능적으로 R를 향해 주먹을 휘두르려
     하나 팔다리가 묶여 잘되지 않는다.)

R   방금 보셨습니까? 언제나 말보다는 주먹이 먼저, 주먹보다는
     총이 먼저 나가는 친구입니다. 목줄을 묶어두지 않으면
     아무나 물고 다니는 들개나 다름없달까요? 이런
     친구에게는 법의 울타리가 진정으로 필요했을지도
     모르겠습니다. 진작에 자유로운 자연이 아닌, 법이 있는
     도시로 보내서 길들여야 했던 것이었겠죠. 제게 유일한
     죄가 있다면 사람보다는 짐승에 가까운 이 친구를 그대로
     동물마냥 데리고 다녔다는 것뿐입니다.

L   너! 내가 죽여버릴 거야! 보안관, 도망가지 않을 테니까
     잠깐만 수갑을 풀어주게. 내가 저 뱀 같은 새끼를 죽여버린
     다음에 당당하게 밧줄에 목을 걸겠네!

R   워워, 가만히 좀 있어보게! 아무리 짐승이라도 똥오줌은
     가려야지.

     L이 기어코 R를 향해 몸을 던진다.
     두 손 두 발 다 묶인 두 사람이 잠깐 동안 서로 몸을
부빈다.
     L은 R의 어깨를 깨문다.
     R는 비명을 지르며 L을 뱃살로 쳐낸다.
     L이 다시 R를 향해 굴러가려는 순간 총성이 울린다.

보안관   그만! 둘 다 그만하면 됐네. 생각보다 즐거웠다네. 하지만
       이제 막을 내릴 시간이야. 못다 한 이야기는 지옥에서 마저
       하도록 하게. 이제 형을 집행하노라!

부관이 나서 L과 R의 눈을 검은 안대로 가리고 목에 밧줄을 건다.

R   내겐 계획이 있었다고! 왜 나를 믿지 못했나, 왜?
L   아, 개소리 집어치우고 그냥 죽자고!

바닥이 꺼진다. L과 R는 더는 말이 없다. 주민들 돌아간다.

사형집행인

나는 많은 이들의 죽음을 도와주었다.

　　　죽음을 받아들이는 이들의 표정을 볼 때마다 나는 내가
거의 신 같다고 느꼈다. 내 눈앞에서 처음 누군가가 죽었을 때,
내가 그를 처형했을 때, 나는 화장실로 달려가 수없이 토했다.
먹은 게 아무것도 없음에도 자꾸 뭔가가 쏟아져 나올 것만
같았다. 슬픔에 잠긴 얼굴, 두려움에 떨리는 얼굴, 회한에 빠진
얼굴, 모두 내려놓은 얼굴, 후회로 얼룩진 얼굴, 기쁨과 광기가
범벅된 얼굴…… 내 눈에 스치는 그 복잡한 얼굴들이 늘어날
때마다 나는 점점 인간의 감각을 잃어갔다.

　　　나는 수많은 방법으로 죄인들이 죽음의 구렁텅이로 빨려
들어가는 것을 도와주었다. 나는 머리와 몸통을 깨끗하게
나누었다. 나는 에번스 매듭을 지어주었다. 나는 밀폐된 방으로
안내했다. 나는 돌을 던졌다. 나는 숨소리가 잦아들 때까지 잘
깎은 버드나무를 휘둘렀다. 나는 물보라 치는 수면이 잠잠해지는
것을 지켜보았다. 나는 영원한 안식의 화합물을 주입했다. 나는
마신 것이 담긴 그릇을 졌다. 나는 징대에 매달아 불태웠다.
나는 물을 끓이고 푹 삶았다. 나는 10미터에 육박하는 성검을
휘둘렀다. 나는 뼈에 붙은 살을 잘 발라내었다. 나는 총알을
박았다. 나는 성난 말들을 달리게 했다. 나는 잘 만든 기계식
의자에 앉혔다.

　　　내가 마지막으로 형을 집행한 사람은 끝까지 자신은
죄인이 아니라고 주장한 사람이었다. 법원은 그의 말을 무시했다.
그는 집행 전날 밥을 맛있게 먹었고, 다음 날 의자에 앉아 조용히
미소 지었다. 장기는 기증되었다.

제도는 폐지되었고 나는 극심한 피로감을 느꼈다. 전 생애 동안 쌓인 피로가 한꺼번에 몰려오는 기분이었다. 나는 그 피로감이 근육에 주는 압박감과 혈관 속에서 발생하는 활력을 통해 다시금 내가 인간이 된 것 같다고 느꼈다. 나는 병원에 갔다. 나는 집으로 갔다.

나는 따뜻한 이불 속에 누워, 기계식 의자에 앉아 미소 짓던 사람의 입술을 떠올렸다. 나는 내가 기억하는 그 미소를 모방했다. 그 입술을 모방하기 위해 여태까지 살아 있었는지도 모르겠다는 생각이 들었고, 이것이 생각의 마지막이다. 나는 이제 편안하다. 내가 무수히 죽음으로 안내해주었던 그들로서.

프로레슬러

이번 달 또 한 선수를 방출했다. 선수라는 호칭도 아까운 놈이다.
프로레슬링에 관해 아는 거라고는 쥐뿔도 없는 놈을, 체격 크고
발전 가능성이 있어 보이길래 거둬줬더니 운동도 안 하고,
아프다고 우는소리나 하고, 도무지 남자답지 않아서 더는 봐줄
수가 없었다.

　　이제 우리 단체에 남은 선수는 단장인 나를 포함해
4명이다. 아나운서이자 레퍼리이자 진행 요원이자 선수를 겸하고
있는 김맨슨은 나더러 성질 좀 죽이라고 한다. 형이 레슬링을
사랑해서 그러는 건 알지만 너무 'FM'대로만 하면 다들 오래 못
버틸 거라는 말이었다. 하지만 나는 그딴 새끼들이랑 가짜
프로레슬링을 해나갈 바엔 나 혼자서라도 진짜 프로레슬링을
하는 게 낫다고, 다시 한 번 그딴 소리 하면 너랑도 안 볼 줄
알라고 고래고래 소리 질렀다. 김맨슨은 더는 말 않고, "형 맘대로
하슈." 하고는 남은 술만 퍼마시다 갔다.

　　가짜 프로레슬링은 뭐고 진짜 프로레슬링은 뭐냐고? 원래
프로레슬링은 다 가짜 아니냐고? 낭신 같은 무지한 사람들의
편견 때문에 프로레슬링이 망한 거야. 알아?

　　프로레슬링은 짜고 치는 쇼가 아니다. 각본 있는
드라마다. 같은 말 아니냐고? 같은 말이면 당신도 앞으로 말 좀
그렇게 하고 살아라. "쇼네, 쇼!" 하지 말고 "드라마네,
드라마!"라고. "생쇼를 한다, 생쇼를!" 하지 말고 "리얼 드라마네,
리얼 드라마야."라고.

　　드라마의 각본은 무대와 지문과 대사 들로 만들어지는데,

프로레슬링의 각본은 무엇으로 이루어지는가 물을 수 있을
것이다. 프로레슬링에도 무대와 지문과 대사가 있다. 대형
프로레슬링 단체에는 각본을 쓰는 각본진도 따로 있지만, 우리
같은 작은 단체에는 문서화된 각본이 있는 건 아니고, 그냥
이렇게 저렇게 하자 상의만 한 뒤 디테일한 부분은 즉흥으로
하는 경우가 많다.

각본의 유무와는 별개로, 프로레슬링을 단순히 각본에
의한 드라마일 뿐이라고 일축할 수 없는 것은 링이 있기
때문이다. 궁금한 분들도 있을 것이다. 경기는 링 위에서 짧게는
몇 분, 길게는 수십 분간 펼쳐지는데 이 동작 하나하나에도
각본이 있는 것인지, 있다면 그걸 어떻게 다 기억하고
수행해내는지 말이다.

링 위에서 펼쳐지는 모든 액션이 각본하에 이루어지는
것은 아니다. 각본이 지시하는 부분은 '누가 누구에게 어떻게
(어떤 방법으로) 승리하는가'까지다. 그 디테일은 선수들이
채운다. 선수들은 저마다의 레슬링 스타일과 기술을 가지고 있다.
상대의 스타일과 기술을 이해하고, 상대가 무언가를 하려고
할 때 그것을 확실하게 받아줘야(이를 '접수'라고 한다) 부상도
최대한 피할 수 있으며 관객들이 보기에도 멋지고 깔끔해
보이는 기술을 시전할 수 있다. 그래서 서로 잘 맞는 선수들이
링 위에 서면 멋진 경기가 나오게 되고, 서로 안 맞는 선수들이
대결하면 지루한 졸전이 나오게 되는 것이다. 그런 측면에서 보면
프로레슬링은 각본이 있는 드라마이기도 하고, 어느 정도는
각본 없이 몸으로 펼치는 드라마이기도 하다. 이 멋진 경기를
만들어내기 위해서 상대의 스타일을 배우고, 배려하고, 자신
또한 훈련을 게을리하지 않아야 한다. 이것이 선수의 기본자세라
할 수 있을 것이다.

이 기본도 안 된 자식들이 한둘이 아니라는 말이에요.
지난번 내한해 한 경기 뛰고 간 하드코어대디 그 자식을
대표적인 예로 들 수 있겠다. 산산조각이 난 형광등 위에 굴러도

봤다며 흥행 걱정은 말라던 놈이, 정작 경기 내용 조율 중에는
무슨 다 안 된대요. '새마을 킥'은 너무 아플 것 같아서 안 되고,
'유신 밤'은 최근 디스크 판정을 받아 조심해야 해서 안 되고…….
이거 안 되고 저거 안 되면 무슨 기술을 접수하겠다는 건지.
나, 원, 참. 해머링이나 하다가 끝내자는 말이야? 도대체 뭐가
하드코어라는 거냐 말입니다. 저런 놈들이 바로 프로레슬링을
생쇼로 만드는 놈들이다.

내 레슬링 스타일은 일반적으로 파워하우스라고 부르는
스타일이다. 난 신장이 그다지 크지 않다. 178cm로, 한국인들
사이에서는 작은 편은 아니지만, 서양 빅맨들과 비교하면 작다는
말이다. 그래서 나는 서양 빅맨들에게 체격적으로 꿀리지
않기 위해 근육량을 늘렸다. 밥 먹고 운동하고 밥 먹고 운동했다.
지금도 하루 최소 한 시간은 꾸준히 운동하고 있다. 벤치
100킬로그램 깔끔하게 할 수 있는 사람 있으면 나와라. 그자만이
나랑 유일하게 대화가 가능할 것 같으니까. 운동하는 사람들은
잘 알겠지만, 근육량이 일정 수치를 넘어서면 근육량이 비슷한
사람과만 제대로 된 대화가 이루어진다. 흔히 말하는
'멸치'들이랑은 대화 자체가 성립이 안 된다는 거다. 근육이
언어에 미치는 영향이 있는지 내가 언어학자가 아니라서
잘 모르겠지만 분명히 없지는 않을 것이다. 언어학자들은 이런
것들에 관해 연구하지 않고 도대체 무슨 연구를 하고 있을까?
제대로 된 연구 좀 하세요. 그 전에 일단 운동도 좀 하시고요.
운동을 해야 제대로 된 사고를 할 수 있다는 사실을 모릅니까?
그거 맨날 방구석에 틀어박혀서 이상한 글이나 쓰고 있으니까
사람이 이상해지는 거야. 근육이 있어야 '몸의 대화'가 될 거
아닙니까?

그래서 내가 '대화' 좀 하자는데도 자꾸만 거부하는
놈들을 방출시킨 겁니다. 아니, 나는 대화를 하고 싶은데
왜 대화를 하려 들지 않아? 근육 좀 단련하라는데 그게 그렇게
힘든가? 운동은 하기 싫고, 링 위의 슈퍼스타는 되고 싶고?

완전 도둑놈의 세상이에요, 아주. 안 그래도 노력 안 하고 얻기만
하려는 빨갱이 새끼들이 넘치는 판국인데, 레슬링 하고 싶다고
기어드는 놈들마저 그러니 내가 기가 안 찰 수가 있을까?
이건 진짜 기믹*이 아니라 내가 한 사람의 한국인으로서, 나라를
사랑하는 사람으로서 진지하게 소신 발언 하는 거야. 내가
링 위에서는 로프에 태극기 걸어두고 미국인, 중국인, 일본인 다
욕하고 혼내주고, 박정희 대통령님 찬양하고 하지만 그건 내
기믹이 '국뽕맨'이라서 그런 거지, 사실 저 미국인 좋아합니다.
일본인도 나쁘게 생각하지 않아요. 비록 일본이 과거에 죄를
짓긴 했지만 일본 국민들 개개인의 인성은 썩어 빠진 한국
놈들보다야 제대로거든. 아, 중국인은 예외. 걔들은 너무 더럽고
게으른 것 같아. 하여튼 나는 박정희 대통령님 훌륭한 분이라고
생각은 하지만 잘못하신 점도 많다고 생각하는 사람이에요.
국뽕맨이 아닌, 나라를 사랑하는 건전하고 건강한 대한민국
시민으로서 진짜 나라가 걱정됩니다.

솔직히 이제 한국에서 레슬링 못 하겠다는 생각은 하고
있었다. 내가 레슬링 망한 땅에서 제대로 레슬링 일으켜
세워보려고 내 돈 들여서 땅 빌리고(주변에 논밭이 펼쳐져 있는
시골이지만), 경기장 짓고(주변에 논밭이 펼쳐져 있는 시골의
비닐하우스이지만), 링도 만들고(비록 직접 땜질하다가
경기 중에 한 번 무너졌지만), 그렇게 열정 하나만 가지고
계속해왔는데 레슬링 하겠다는 놈들도 죄다 환상과
허영심뿐이고, 좌파가 잠식한 한국 땅 자체에 정나미도 떨어졌다.
세계적으로 프로레슬링 자체가 완전히 망한 거나 다름이 없다.
SWA도 완전히 망했어요! 요즘엔 남자들이 빌빌대서 여자가
단체를 이끌어가고 있다면서? 어이구, 근육이 아깝다 이것들아.
왜, 불만 있어? 링 위에 올라와서 얘기해. 내 필살기인 유신
밤으로 콱 그냥…… OK, 여기까지. 감사합니다!

* 기믹: 링 위에 선 프로레슬러는 어디까지나 선수가 링 위에서 연기하고 있는 캐릭터에
불과하지만, 연기하는 선수가 실제로 캐릭터와 같은 사람인 것처럼 보이도록 포장하는
수법이다. 내가 이런 것까지 설명해줘야 합니까?

점방 주인(귀금속 판매상)

나는 오들오들 불안에 떨고 있다. 금은방 주인이니까. 내 가게는
곧 털릴 테고, 나는 땅을 치며 울겠지. 왜 그렇게 비관적이며
단정적이냐고? 금은방이니까 당연하잖아. 금은방 관련해서 좋은
소식 들은 적 있어? 없지? 나는 날마다 금은방에 관련된 기사를
찾아서 읽고, 금은방과 관련된 추리소설도 읽었어. 만화도
보았지. 전부 다 털리는 이야기뿐이라고! 지나가면서 금은방을
보면 늘 손님이 없지. 당연해. 금은방은 손님이 오기를 기다리는
게 아니라 도둑이 오기를 기다리는 거니까. 그런 점에서
금은방의 진정한 손님은 도둑이라고도 할 수 있지. 언젠가
이 금은방을 모두 쓸어가버릴 단 한 명의 손님을 위해 금은방은
오늘도 오래된 시계나 고치면서 시간을 죽이고 있는 거야.

　　이렇게 생각하는 내가 어쩌다가 금은방 주인을 하게
됐을까? 스스로도 모르겠다. 내게 어떤 책무가 주어진 것은
아닐까? 절도에 대한 대비는 충분히 해두었냐고? 물론 하나도
안 해뒀지. 강화유리? 보안 시스템? 비밀 금고? 준비해서
뭣 해, 어차피 다 무시당하고 털릴 텐데. 결국 금은방은 언젠가
찾아올 사건을 위해 준비 중인 무대에 불과해. 나는 그 무대에서
카메라가 돌기를 기다리는 무명 배우에 지나지 않아.

　　오들오들 불안에 떨고 있다. 털릴 준비를 하고 있다.
비명 지를 준비를 하고 있다. 금과 은이 사라지고 나면 소리를 빽
질러야지. 땅을 치고 울어야지. 내게 주어진 역할은 아마도
그것이니까.

국밥집 사장

올해로 40년 전통을 자랑하는 우리 집. 이 지역에서는 제법
알아주는 국밥집이다. 나는 사장이지만, 이름만 사장이고 하는
일은 없다. 뭐라도 하고 싶지만 내가 할 게 없다. 육수는
노모가 만든다. 요리 완성 및 서빙은 다른 종업원들이 한다.
카운터는 대개 아내가 보는데, 아내가 자리를 비우면 가끔
내가 본다. 그런데 카운터는 나랑 안 맞는 것 같다. 종종 계산을
틀린다.

나는 국밥집을 하기 싫었다. 어려서부터 내 꿈은
사업가였다. 왜냐고? 왜냐니. 남자라면 사업 아닌가. 그래서 난
꿈을 이뤘다. 아주 잠깐 동안.

지난 10년간 세 개의 사업을 말아먹은 뒤 나는 얌전히
국밥집 사장이 되었다. 하지만 언제까지고 국밥집 사장에 머무를
수만은 없다. 나는 이 자리를 디딤돌로 삼아 앞으로 나아가려
한다. 바로 프랜차이즈 국밥집 사업을 하는 것이다. 남자라면
사업에 골몰해야 한다!

엄마는 헛소리하지 말라고 했다. 당면 목표는 직영
2호점을 만드는 것이다. 그러기 위해서는 육수 제조법을 알아야
한다. 엄마는 육수 비법을 유일하게 알고 있는 사람이다.
엄마는 날마다 꼭두식전에 일어나 안성의 주물장이 만들었다는
거대한 가마솥으로 혼자 육수를 끓이고 살핀다. 비법을
알려달라고 내가 몇 번이나 졸랐지만 들은 척 만 척이다. 무덤에
껴묻거리로 가져가기라도 할 모양이다.

그렇다고 이렇게 꿈을 접을 수 있겠는가. 남자는 뭐다?

사업이다. 사업이 남자다! 오늘은 육수의 비밀을 반드시 알아내고
말 것이다. 도대체 저 커다란 가마솥에 이것저것 뭘 넣고
장장 25시간 동안이나 끓이고 졸이고 또 끓이는지…… 옛날
같으면 새벽에 같이 일어나 엄마 뒤라도 밟았을 테지만,
요즘 세상이 무슨 세상인가. 스마트 세상. 전날에 미리 육수실
구석에 안 쓰는 스마트폰으로 감시카메라를 만들어뒀다.
이제 녹화된 영상만 확인하면 된다. 도대체 가마솥 안에 무슨
대단한 걸 넣어 끓이길래 아들인 나에게도 안 알려준단
말인가?

　　…….

　　……?

　　……!

　　육수의 비밀을 알아내고야 말았다. 스마트폰을 쥔 두 손이
파르르 떨린다. 우리 집 육수의 비밀이 뭐냐고? 말할 수 없다.
이 비밀을 아무에게도 알려주지 않을 작정이다. 차라리 비법을
모르던 잠깐 전으로 돌아가고 싶다. 앞으로 국밥집을 들어갈 땐
조심하시라. '원조' 간판을 걸어두고 영정처럼 찍은 주인의
초상이 함께 붙어 있는 집이라면, 그대로 몸을 돌려 뒤도 안 보고
도망가도 좋다. 앞으로 국밥을 먹을 수 없을 것만 같다.
영. 원. 히.

요리사

인심 안 좋은 마을 광장에서 나는 돌죽을 끓이네
커다란 솥에 맛있는 돌 넣고 나는 돌죽을 끓이네
식탐 많은 노인이 와서 한 그릇 달라고 말하네
물론이죠 물론이죠 말하고 나는 돌죽을 끓이네

아쉽구나 아쉬워 말하고 나는 국자를 돌리네
마늘이 있으면 더 좋은데 말하고 나는 무릎을 탁 치네
식탐 많은 노인이 와서 마늘을 주겠다 말하네
좋겠네 더 좋겠어 말하고 나는 돌죽을 끓이네

인심 안 좋은 마을 광장에서 나는 돌죽을 끓이네
커다란 솥에 마늘이랑 돌 넣고 나는 돌죽을 끓이네
출출해진 아저씨 와서 한 그릇 달라고 말하네
물론이죠 물론이죠 말하고 나는 돌죽을 끓이네

아쉽구나 아쉬워 말하고 나는 국자를 돌리네
감자가 있으면 더 좋은데 말하고 나는 무릎을 탁 치네
출출해진 아저씨 와서 감자를 주겠다 말하네
좋겠네 더 좋겠어 말하고 나는 돌죽을 끓이네

인심 안 좋은 마을 광장에서 나는 돌죽을 끓이네
커다란 솥에 마늘이랑 감자랑 돌 넣고 나는 돌죽을 끓이네
추위 타는 처녀가 와서 한 그릇 달라고 말하네
물론이죠 물론이죠 말하고 나는 돌죽을 끓이네

아쉽구나 아쉬워 말하고 나는 국자를 돌리네
양파가 있으면 더 좋은데 말하고 나는 무릎을 탁 치네
추위 타는 처녀가 와서 양파를 주겠다 말하네
좋겠네 더 좋겠어 말하고 나는 돌죽을 끓이네

인심 안 좋은 마을 광장에서 나는 돌죽을 끓이네
커다란 솥에 마늘이랑 감자랑 양파랑 돌 넣고 나는 돌죽을
  끓이네
쫄쫄 굶은 아이가 와서 한 그릇 달라고 말하네
물론이죠 물론이죠 말하고 나는 돌죽을 끓이네

아쉽구나 아쉬워 말하고 나는 국자를 돌리네
버섯이 있으면 더 좋은데 말하고 나는 무릎을 탁 치네
쫄쫄 굶은 아이가 와서 버섯을 주겠다 말하네
좋겠네 더 좋겠어 말하고 나는 돌죽을 끓이네

인심 안 좋은 마을 광장에서 나는 돌죽을 끓이네
커다란 솥에 마늘이랑 감자랑 양파랑 버섯이랑 돌 넣고 나는
  돌죽을 끓이네
빨래하던 아낙이 와서 한 그릇 달라고 말하네
물론이죠 물론이죠 말하고 나는 돌죽을 끓이네

아쉽구나 아쉬워 말하고 나는 국자를 돌리네
당근이 있으면 더 좋은데 말하고 나는 무릎을 탁 치네
빨래하던 아낙이 와서 당근을 주겠다 말하네
좋겠네 더 좋겠어 말하고 나는 돌죽을 끓이네

인심 안 좋은 마을 광장에서 나는 돌죽을 끓이네
커다란 솥에 마늘이랑 감자랑 양파랑 버섯이랑 당근이랑 돌 넣고
  나는 돌죽을 끓이네

홀로 늙은 총각이 와서 한 그릇 달라고 말하네
물론이죠 물론이죠 말하고 나는 돌죽을 끓이네

아쉽구나 아쉬워 말하고 나는 국자를 돌리네
순무가 있으면 더 좋은데 말하고 나는 무릎을 탁 치네
홀로 늙은 총각이 와서 순무를 주겠다 말하네
좋겠네 더 좋겠어 말하고 나는 돌죽을 끓이네

인심 안 좋은 마을 광장에서 나는 돌죽을 끓이네
커다란 솥에 마늘이랑 감자랑 양파랑 버섯이랑 당근이랑 순무랑
　　　돌 넣고 나는 돌죽을 끓이네
발이 느린 들개가 와서 한 그릇 달라고 말하네
물론이죠 물론이죠 말하고 나는 돌죽을 끓이네

아쉽구나 아쉬워 말하고 나는 국자를 돌리네
빵가루 있으면 더 좋은데 말하고 나는 무릎을 탁 치네
발이 느린 들개가 와서 빵가루 주겠다 말하네
좋겠네 더 좋겠어 말하고 나는 돌죽을 끓이네

인심 안 좋은 마을 광장에서 나는 돌죽을 끓이네
커다란 솥에 마늘이랑 감자랑 양파랑 버섯이랑 당근이랑 순무랑
　　　빵가루랑 돌 넣고 나는 돌죽을 끓이네
다 잘 먹는 생쥐가 와서 한 그릇 달라고 말하네
물론이죠 물론이죠 말하고 나는 돌죽을 끓이네

아쉽구나 아쉬워 말하고 나는 국자를 돌리네
치즈가 있으면 더 좋은데 말하고 나는 무릎을 탁 치네
다 잘 먹는 생쥐가 와서 치즈를 주겠다 말하네
좋겠네 더 좋겠어 말하고 나는 돌죽을 끓이네

인심 안 좋은 마을 광장에서 나는 돌죽을 끓이네
커다란 솥에 마늘이랑 감자랑 양파랑 버섯이랑 당근이랑 순무랑
　　　　빵가루랑 치즈랑 돌 넣고 나는 돌죽을 끓이네
쿨쿨 졸던 신님이 와서 한 그릇 달라고 말하네
물론이죠 물론이죠 말하고 나는 돌죽을 끓이네

아쉽구나 아쉬워 말하고 나는 국자를 돌리네
달덩이 있으면 더 좋은데 말하고 나는 무릎을 탁 치네
쿨쿨 졸던 신님이 와서 달덩이 주겠다 말하네
좋겠네 더 좋겠어 말하고 나는 돌죽을 끓이네

인심 좋은 마을 광장에서 나는 돌죽을 끓이네
커다란 솥에 마늘이랑 감자랑 양파랑 버섯이랑 당근이랑 순무랑
　　　　빵가루랑 치즈랑 달덩이랑 돌 넣고 나는 돌죽을 끓이네
둥글게 둥글게 다들 모여 한 그릇 달라고 말하네
물론이죠 물론이죠 말하고 나는 돌죽을 끓이네

파일럿(거대 로봇의)

100　이 로봇을 만든 사람이 대단하다는 건 알겠어. 이 로봇이 신비의
초광자 에너지를 동력원으로 사용해 움직인다는 것도 알겠어.
그런데 그렇다고 해도, 전고 30미터가 넘는 이 거대한 로봇이
어떻게 그토록 오랜 시간 출력을 유지할 수가 있는 거지? 이게
과학만으로 되는 일이야? 위기의 상황이 오면 조력자들은 늘
나의 의지가, 기백이 중요하다고 이야기를 하는데, 그럼 의지와
기백이 과학인 거야? 의지와 기백을 연소시키기 위해 나는
소중한 사람들이 죽어나가는 것을 보며 매번 슬퍼하고 분노해야
하는 거야?

　적을 물리치고 난 며칠은 우울해. 체내외로 너무 많은
분비물을 내뿜었기 때문일까. 나는 나의 소명을 잊어버리기 위해
모자를 눌러쓰고 거리로 나가지. 사람들은 여느 때처럼 평온한
일상을 영위하는 것처럼 보이지만, 실은 언제 경보음이 들릴지
몰라 항상 두 다리에 긴장을 주고 있지. 거리에 울려 퍼지는
음악은 날이 갈수록 지나치게 밝아지고 있어. 불안을
덮어버리려고.

　이런 생각이 들지 않을 수는 없는 거야. 사실 이 지구의
위협은 이 로봇의 존재 자체가 아닐까? 하는 생각. 이 로봇이
존재하기 때문에, 이 로봇이 정의의 상징이기 때문에, 상징을
없애기 위해 다른 악의 상징이 나타나고 계속해서 찾아오는 거지.
이 로봇이 없다면, 이 로봇을 물리치기 위해 끝없이 찾아오는
악당들도 없을 텐데……. 그렇다면 나는 그저 악의 존속을 위한,
이 상징 체계를 존속시키기 위한 부속품에 지나지 않는 것
아닐까?

변화를 두려워하는 거야, 인간들은…… 어떤 식으로든
변화는 찾아오는데, 그 변화를 받아들여야 하는데, 그게 너무
두려워서 변화를 악마화하고, 더 나을 것도 없는 기존 체계를
수호하기 위해 정의를 내세우고…… 그래서 내가 하는 일이
뭐야. 맨날 싸우고 부수고 죽이는 일뿐인 거 아니야? 내가 로봇을
타고 부순 건물, 죽인 사람, 허물어버린 산만 해도 얼마인데.
이게 다 어쩔 수 없는 일이었을 뿐인 거야? 이걸 내가 다
짊어지고 있어야 하는 거야?

　기나긴 빛의 궤적을 그리는 혜성이 되고 싶어. 나는 언젠가
박살 날 거야. 귀신 들리겠지. 언젠가 나의 활약상을 다룬 영화가
나올 거야. 나의 우울도 나의 죽음도 아름답게 편집되어 있겠지.
세상을 구해내는 따스한 빛처럼? 그러나 나는 언젠가 그냥
터져버릴 거야.

공장 노동자(장난감을 만드는)

벨트를 따라오는 저것들. 모두가 같은 것들. 아직 존재가 아닌
것들. 형상 없던 것들에게 형상 있게 하고, 혼 없는 것들에
혼 불어넣어 주는 자를 무어라 부를까. **신?** 네 대답이 그렇다면
나는 신인 것 같아. 세상의 신은 아닐지라도 최소한 금발
인형들의 신이긴 하겠지. 인간의 혼은 어디에 깃들까. **심장? 뇌?**
인형의 혼은 어디에 깃들까. 눈? 눈이 없는 장난감은 인형이
아니야. 눈이 있는 장난감만 인형이야. 사람 모양으로 만들어도,
동물 모양으로 만들어도, 자동차 모양으로 만들어도, 눈이 있다면
그것은 모두가 인형(人形)이야. 눈에 혼이 깃들기 때문이지.
벨트를 따라오는 저것들. 나는 저것들에 눈을 붙이는 사람이야.
혼 없던 것들에 혼 불어넣어 주는 사람이야. 날마다 수천의
영혼을 만드는 사람이야. 내 혼은 어디다 빼둔 채로 인형에
사랑과 슬픔과 공포를 눌러 담는 사람이야. 내가 만든 많은
인형들은 곧 친구를 만날 거고, 가족이 될 거고, 가족에게서
버려질 거야. 가족의 손에 의해 망가지고 더럽혀질 거야.
인형들은 그 역사적인 순간들을 영영 감지 못하는 눈으로 모두
지켜볼 거야. 망가진 인형을 버리지 못하는 사람은 죄책감을 아는
사람이야. 망가진 인형을 고쳐보려는 사람은 두려움을 아는
사람이야. 망가진 인형을 좋아하는 사람은 사랑을 아는 사람이야.
사랑해서 인형을 망가뜨리는 사람은 사랑에 미친 사람이야.
벨트가 멈췄으니 자러 갈 시간이야. 너는 사랑이 뭐라고 생각해?
사랑? 그래. 사랑. 자면서 생각해보자. 안녕. 머리만 남은 나의
아이, 나의 신도.

펀드 매니저

안녕하십니까 고객님. 여기는 빌딩 옥상입니다. 고객님의 소중한
자산은 고객님의 전부입니다. 저는 한 사람의 전부를 파괴시킬 수
있는 가능성의 열매입니다.
　　그럼 안녕히 계십시오.

　　안녕하십니까 고객님. 여기는 사무실입니다. 증시판에서
수직 하강 중인 화살표가 가리키는 것은 갈 곳 잃은 자신에 관한
존재론적 출구입니다.
　　그럼 안녕히 계십시오.

　　안녕하십니까 고객님. 여기는 뉴욕의 한 호텔입니다.
부는 행복과 상관이 없다는 증명에 의해 또한 부가 행복임이
증거 됩니다.
　　그럼 안녕히 계십시오.

　　안녕하십니까 고객님. 여기는 강을 건너는 철교입니다.
모든 것을 얻을 수 있다는 가능성은 모든 것을 잃을 수 있다는
공포와 교차합니다.
　　그럼 안녕히 계십시오.

　　안녕하십니까 고객님. 여기는 뜨거운 맥주 통 안입니다.
망가진 것들을 복구하려는 노력과 회생에 대한 의지가 최고조에
다다르는 순간에 번개처럼 내려치는 판결의 두 이름은 불가능과

무의미입니다. 이 지울 수 없는 이름들이 죽음의 혁명적 속성을
나타냅니다.
　　그럼 안녕히 계십시오.

　　안녕하십니까 고객님. 여기는 지중해의 휴양지입니다.
인생은 고통입니다. 인생은 죽음을 향해 전진하는 공포의
행군입니다. 그러한 여정 길에서 돈은 진통제입니다. 그러나
자살하면 고통도 없습니다. 진통제도 더는 필요하지 않습니다.
　　그럼 안녕히 계십시오.

　　안녕하십니까 고객님.

사무원

0 또는 1이 모니터 화면의 상단에서 내려온다. 천천히 또는
빠르게.

　　그럴 때 나는 다른 사무실에서 숫자를 보내오는 상사를
생각한다. 보이지 않는 상사가 보이지 않는 손으로 내게
전달하고 있는 이 숫자들은 보이지 않는 클라이언트의 지옥 같은
아가리에서 태어났을 것이고, 이제 곧 나의 손을 거쳐
상식적으로는 말도 안 되지만 관례적으로는 옳아 보이는 활자
건물 한 채가 될 것이다. 이는 머지않아 허물어질 빌딩과도
같아서 거기에 입주한 증권사들은 모조리 망하겠지만 그게 내
잘못은 아니다.

　　나는 사무의 틈을 벌려 빌딩 옥상으로 올라온다. 거기에는
보이지 않는 동료들이 사라지는 연기를 내뱉고 간 흔적이
너저분하게 남아 있다. 그러한 흔적들로 인해 동료들이 있다는
것을 추측할 뿐, 나에게 확신은 없다. 그러한 불안정이 고용
문제로 이어지며 나에게 태업의 욕망을 부추긴다. 이 건물에
버리고 간 담배꽁초로 남을 것인가, 아니면 보이지 않는 손이 될
것인가. 그런 결정이 내 능력만으로 이루어질 리 없다. 보이지
않는 관계망이 나도 모르는 사이에 나에게 연결될 것이고, 강화될
것이며, 끊어질 것이다.

　　되거나 안 되거나. 갖거나 못 갖거나. 남거나 떠나거나.
다 내가 결정할 수 있는 문제가 아니다. 야근, 내가 결정할 수
있는 문제가 아니다. 휴가, 내가 결정할 수 있는 문제가 아니다.
시말서, 내가 결정할 수 있는 문제가 아니다. 연봉 인상, 내가

결정할 수 있는 문제가 아니다. 외근, 내가 결정할 수 있는 문제가
아니다. 출장, 내가 결정할 수 있는 문제가 아니다. 감시카메라,
내가 결정할 수 있는 문제가 아니다. 사직, 내가 결정할 수 있는
문제가 아니다. 전화 연결, 내가 결정할 수 있는 문제가 아니다.
점심 메뉴, 내가 결정할 수 있는 문제가 아니다. 파티션에
무언가를 붙여두는 일, 내가 결정할 수 있는 문제가 아니다.
출입문 쪽으로 등과 모니터를 노출시키고 앉는 것, 내가 결정할
수 있는 문제가 아니다. 접대, 내가 결정할 수 있는 문제가
아니다. 장기 자랑, 내가 결정할 수 있는 문제가 아니다. 사무실의
화분이 썩어가는 것, 내가 결정할 수 있는 문제가 아니다.
뛰어내리면 온몸이 바스라질 높이에 위치한 사무실의 통유리를
통해 스모그에 가려진 다른 빌딩들 안에서 일하고 있을 보이지
않는 동료들의 처지를 생각해보는 일, 내가 결정할 수 있는
문제가 아니다. 사무실 바깥을 나서면 펼쳐지는 초원의 자유,
내가 결정할 수 있는 문제가 아니다. 결정, 내가 결정할 수 있는
문제가 아니다.

그럴 때 나는 나를 세상에 보낸 존재를 생각한다.
나는 보이지 않는 존재에게 문자 메시지 한 통을 보낸다.
이 메시지가 보인다면 엿이나 드세요.
끝나지 않는 일을 끝내기를 끝내며 나는 빌딩을 내려온다.

웹툰 작가

1화

오랜 준비 끝에 정식으로 웹툰 작가가 됐다! 몇 년간 로맨스,
판타지, 호러물 등등으로 도전하다가 물먹기를 반복했는데
일상툰으로 데뷔하게 될 줄은 나도 몰랐다. 일상에서 겪은 일에
허구라는 조미료를 조금 섞어서 맛깔나는 만화를 그려야겠다.
1화 연재 시작했는데 걱정돼서 댓글도 못 보겠네.

7화

베스트 댓글 몇 개만, 진짜 몇 개만 읽었는데 이 느낌 뭐지?
울렁거리는 이 마음. 여느 일상툰과 달리 작화 기본기가 탄탄한
것 같다는 칭찬도 있고, 재밌다는 반응도 있다. 이 웹툰은
소재 떨어지기까지 얼마나 걸릴지 궁금하다는, 일상툰 장르에
대한 냉소 섞인 글도 있다. 이게 독자들의 반응이라는 거구나.
반응이라는 건 사람을 들었다가도 놓고, 이리저리 휩쓸리게도
만드는 거센 물살 같은 거구나.
　　　조회수는 아주 많진 않아도 꾸준히 늘어나고 있다. 오늘
내용은 엠티 갔다가 선배가 술 한 대접 말아줘서 원샷 하고
기절한 이야기였다. 미련하게 다 받아먹는 곰퉁이=나.

28화

송고했다. 오전의 통화 때문에 기분이 좋지 않다. 예전에
술 말아준 선배한테서 온 전화였다. 댓글 읽다가 충격 먹었단다.
'저런 선배 어딜 가나 꼭 있음 ㄹㅇ 극혐 ㅉㅉㅉ'라는 베스트

댓글을 읽고 마음에 큰 상처를 입었다며, 내가 언제 너보고 다 마시라고 강요했었느냐고 화를 냈다. "나 하나 세상 나쁜 년 만들어서 좋니? 이제 속이 시원해?"

55화

친구로부터 장문의 문자를 받았다. 앞으로 안 봤으면 좋겠다는 내용이었다. 23화의 소재였던 '삼냥이를 키우는 친구 이야기'의 주인공이었다. 친구는 고양이를 사랑했고, 길 가다가 아파 보이는 고양이만 보면 그냥 지나치지 못하고 한참을 지켜보며 망설이는 친구였다. 친구와 함께 사는 고양이 세 마리도 그렇게 길에서 구조한 아이들이었다.

23화에서는 친구가 고양이를 어떻게 구조하게 됐는지, 그리고 그 연약하고 예뻤던 아기 고양이들이 지금은 얼마나 '냥아치'가 되었는지를 그렸다. 내용에는 문제가 없었다고 생각한다. 문제는 댓글에 있었다. '길에서 고양이들 귀엽고 안쓰럽다고 데려오는 게 '납치'이지 무슨 '구조'냐'는 댓글, '아는 사람이 고양이 몇 마리 구조랍시고 집에서 키우며 SNS에 사진 올리고, 동영상 찍고 하더니 이사 갈 때 데려가기 힘들다고 파양하더라'는 댓글 등등이 베스트에 올라가 있었고, 그 내용에 반박하는 댓글들도 베스트에 올라가 있었다. 독자들은 그 베스트 댓글들에 '좋아요'와 '싫어요'를 누르며 저와 생각이 다른 이들을 비방하고 있었다.

"내 삶이 굶주린 들개 무리 한가운데로 내던져진 기분이 들었어. 왜 그리기 전에 나한테 그려도 되냐고 물어보지 않았니. 한 번쯤은 물어볼 수도 있었을 텐데."

나는 마감이 목전이라, 소재가 갈급해 어쩔 수 없었다고, 말하려다가 말하지 못했다. 그냥 미안하다고, 내가 잘못했다고 했다. 하지만 억울하다. 내 그림이 문제가 아니라 시비조로 댓글을 달아서 분탕질을 한 사람들이 문제 아닌가? 이게 절교까지 할 일이야?

생각이 많아져서 그림을 재밌게 그리지 못했다. 별점이
낮아져서 우울하다.

'작가님 슬럼프면 쉬다 오셔도 돼요. 응원합니다.'

이런 댓글이 나를 더 괴롭게 한다.

85화

연재 1주년이 코앞인데, 담당 편집자와 협의해 휴재에 들어갔다.
댓글창은 매 화마다 전쟁이었고, 별점은 아주 많이는 아니지만
점점 떨어지고 있었다.

"작가님 힘드시면 조금 쉬다 오시는 건 어떨까요?"

"그만두라는 말씀인가요? 그만두는 게 나을까요?"

"무슨 말씀이세요, 푹 쉬고 오신 다음에 연재 다시
해주셔야죠. 작가님 작품 응원하고 기다리는 분들이 얼마나
많은데요."

그 순간은 독자고 뭐고 빈말로라도 그렇게 말해주는 담당
편집자가 너무 고마운 거 있지. 전화로 이야기 나눴을 뿐이지만.

86화

복귀 에피소드는 친구들에게 위로받는 이야기였다. 우울증으로
많이 힘들어하는 나, 내면의 굴을 점점 더 깊게 파고 들어가
외부의 빛을 차단한 채 지내는 나. 그렇게 굳게 닫힌 나의 내면의
문을 울리는 노크 소리. 누구세요? 나야. 친구의 노크 소리.
마음의 문을 열고 들어와 주는 친구. 그건 네 잘못이 아니라고,
울고 싶을 땐 마음껏 울라고 말해주는 친구. 내가 너에게 큰 힘은
되지 못하겠지만 그럼에도 힘들면 자기를 찾아달라는 친구.
자기가 할 수 있는 일은 그저 내 이야기를 들어주고, 손이
필요하면 손을 주고, 밥을 먹여주는 일 정도겠지만 꼭 연락하라는
친구. 그것밖에 못 해서 미안하다는 친구.

아니야, 네가 있어서 나는 한 번 더 살 수 있었어.

간만에 댓글창에서도 많은 위로를 받고 용기를 얻었다.
힘든 시기에 위로해주는 참된 우정이 있어서 부럽다는 말들도
많았다. 사실 이제 내게는 연락하고 지내는 친구가 단 한 명도
없었지만. 그런 사실은 아무래도 좋았다.

90화

친구들이랑 바다 보러 간 이야기. 특별한 내용은 없지만 그저
최대한 여름 바다를, 그 짙은 파랑을, 백사장을 물들이는 파도를,
하얀 꽃처럼 피어올랐다 사라지는 포말을, 별처럼 빛나는 윤슬을
그리고 싶었다. 바다 보러 못 나가니까. 보러 갈 사람 없으니까.
그리기라도 하고 싶었어.

96화

보고 싶은 엄마 이야기. 내가 힘들 때마다 곁에서 응원하는 엄마.
내가 어려울 때면 네 잘못 하나도 없다고, 언제나 내게 가장 큰
용기가 되는 엄마. 엄마, 혹시 웹툰 보고 있어? 내가 이렇게
엄마를 사랑해. 말로는 못 하지만. 늘 건강하라고 잔소리하고,
쓸데없는 거 챙겨주는 엄마에게 짜증만 냈지만. 엄마의 연락은
받지 않은 지 오래이고 앞으로도 그러겠지만. 엄마의 마음만은
받고 있어. 엄마, 사랑해. 엄마만 사랑해.

99화

오늘 에피소드는 생일 파티였다. 생일인 줄도 모르고 마감하느라
정신 없는 나. 그런 나를 보려고 내 작업실까지 몰래 찾아온
친구들. 내가 문을 열자마자 내 얼굴에 하얀 생크림 케이크가
퍽 소리를 내며 처박히고, 어리둥절하는 내 머리 위로 폭죽
소리와 함께 반짝이며 날리는 색종이들. 생일 축하합니다, 생일
축하합니다, 사랑하는…… 노래 들으며 울먹이는 나. 바쁘다고
주변을 잊고 살아서 미안해, 친구들아. 너희가 있어서 내가 살 수
있는 건데…… 너희들 없으면 이 만화도 없는 건데…… 나

잘해볼게. 잘 살아볼게. 마지막 컷은 내가 엉엉 울면서 끝났다. 댓글을 통해 많은 축하를 받았다. 다음 화면 벌써 100화라고, 미리 축하드린다는 말도 있었다.

　　댓글을 하나도 빼놓지 않고 다 읽고 나서 주위를 둘러봤다. 방에 쓰레기가 넘쳐나서 발 디딜 곳이 전혀 없다. 아, 어느덧 100화네. 이제 그만 그려야지. 100화는 미리 그려뒀다. 아무래도 원고가 반려될 것 같아서 내 블로그에 예약 발행으로 올렸다.

　　100화의 첫 번째 컷은 웃고 있는 내 얼굴. 두 번째 컷부터 서서히 줌아웃. 목에 걸린 나일론 줄. 축 늘어진 사지. 젖은 하의. 쓰레기로 가득 찬 내 방. 날아다니는 파리들과 기어다니는 구더기들…… 100화에서는 거짓말하지 않아서 기쁘다.

버스 기사

버스 기사가 주인공으로 나오는 영화를 보았다. 영화 속 버스 기사는 조금 이른 아침에 일어나 출근을 하고, 버스를 몰고, 일상 속에서 틈틈이 노트에 시를 쓴다. 그는 자신이 시인이라고 생각하지는 않는 것 같다. 세상에 읽히지 않는 시를 쓰면서 그는 무슨 생각을 하고 있었을까.

나는 잠들기 전에 술을 마시며 그걸 봤는데, 끝까지 보지 못하고 잠들었다. 남들보다 더 이른 새벽을 시작한다는 건 너무나도 피곤한 일이니까. 덕분에 후반부를 놓쳤는데, 결말이 궁금하진 않다.

여섯 시나 되어서야 일어나는 영화 속 버스 기사와 달리 나는 새벽 두 시 조금 지나서 일어난다. 씻는 둥 마는 둥 하고 집을 나와 일터로 가서 버스를 몰고 내게 주어진 경로를 영원히 따라가다 보면 하루가 끝난다. 내 삶에 비하면 영화 속 버스 기사의 삶은 꽤 여유롭다. 한국이 아니라서 그런가?

그렇다고 그 영화가 이상하다는 건 아니다. 나는 그 영화를 이해한다. 나도 영화 좀 봐서 안다. 내 삶을 그대로 영화로 만들면 그건 예술적이지 않았겠지. 삶은 예술이 아니니까. 예술이라는 건 원래 그런 거니까. 그럴싸한 헛소리 같은 거니까.

일상 틈틈이 시를 쓰며 살지만 자신을 딱히 시인이라고 생각하진 않는 사람이, 돼먹지도 않은 똥을 싸면서 자신을 시인이라고 생각하는 사람보다는 좋아 보인다. 하지만 좋아 보이는 건 모두 그럴싸한 헛소리 속에 있고, 현실은 똥통이니까. 우연찮게도 나도 영화 속 버스 기사처럼 버스를 몰면서 잠들기 전에 가끔씩 이런 쪽글을 쓰는데(그저 일기일 뿐이지만), 나는 내가 작가라고 전혀 생각하지 않는다. "요즘엔 일기 써서 책 만들면 작가 된다던데?" 내가 꾸준히 일기를 쓴다는 걸 아는 애인이 그런 말을 했지만 그럴 생각은 꿈에도 없다! 자야겠다.

사연 위조꾼

꾼이라뇨. 위조 전문가라고 정중하게 불러주십시오. 물건에 얽힌 사연을 위조하는 게 저의 일입니다. 일종의 아티스트라고 할 수 있죠, 소설가와 비슷한 부류랄까요? 제가 하는 일이 정확히 뭔지 모르겠단 말씀이시죠? 자, 여기 팔방으로 다채로운 광휘를 내뿜는 아름다운 크리스털 브로치가 보이시나요? 공들여 세공한 것이 틀림없는 물건이죠. 이 크리스털 브로치의 주인은 보스턴에 살던 베키라는 할머니입니다. 베키의 손녀에 따르면 이 브로치는 1950년대의 물건이고요. 이 브로치는 1950년대 할리우드 영화 속에 등장하는 여배우들이 착용했을 법하게 보이긴 합니다만, 잘 살펴보면 이 화사하면서도 고도로 절제된 멋이 미국에서 탄생했으리라고는 조금도 생각되지 않을 겁니다. 그럼 이건 뭘까요? 베키는 본래 영국인인 미국 이민자입니다. 영국으로 비즈니스를 온 남자—그의 남편을 따라 낯설고 무례한 땅인 미국으로 건너와 무턱대고 새 인생을 시작하게 된 베키. 그의 새 인생은 마냥 아름답고 행복했을까요? 물론 아니었겠죠? 그는 곧 지독한 향수병에 시달리게 됩니다. 그 시대의 보통 미국인답지 않게 베키의 남편은 아주 정중하고 다정한 신사였으나, 그의 따뜻한 배려조차 베키의 향수병을 낫게 하진 못했습니다. 베키는 시체가 되어서라도 대서양을 건너 고국으로 돌아갈 수만 있다면 그렇게 하겠다는 자살 충동에까지 빠졌습니다. 더 이상 이러다간 큰 사달이 나겠다 싶었는지, 남편은 베키를 데리고 일주일간의 영국 여행을 떠났습니다. 런던 거리는 여전히 아름다웠습니다. 베키는 런던 거리를 거닐며,

런던 사람들의 삶을 텅 빈 해골에 비유한 작가*를 떠올렸습니다. 그리고 그 작가는 순 엉터리라고 생각했죠. '이렇게 아름다운 해골들이 세상 어디에 있겠어!' 베키는 거리를 거닐며 어느 가정집의 창문을 몰래 들여다봅니다. 평화로운 가족의 모습입니다. 아버지와 어린 아들이 원탁에서 체스를 두고 있고, 어머니는 갓난아이와 함께 소파에 앉아 노래를 부르고 있습니다. 정시에 도착하는 도심 속 열차, 열심히 일하는 모든 사람들, 그리고 텔레비전! 도심 곳곳에는 아직까지 대전의 상흔이 남아

있었습니다만, 그럼에도, 아니 바로 그것들이 모두 지난 상흔에 불과하며 지금은 안전하고 전에 없이 풍요로워졌다는 그 감각 때문에 런던 전체는 평화로운 활력에 가득 차 있었습니다. 베키는 이 활력을 오래 기억하기 위해 영국의 멋을 대표하는 빈티지 주얼리 숍을 찾았습니다. 이 크리스털 브로치는 그때 베키가 느꼈던 활기찬 고향의 기억을 고스란히 담고 있는 물건이랍니다. 베키의 손녀는 베키가 더없이 아끼던 이 브로치를 부디 소중하게 간직해달라고 전했습니다. 이 물건에 얽힌 사연을 듣고 나니 어떻습니까. 물건이 조금 특별하게 보이지 않나요? 이제 제가 하는 일이 정확히 무엇인지 아시겠습니까?

* 버지니아 울프.

사이버 낚시꾼

낚시를 왜 하는가, 라는 물음에 낚시꾼들은 저마다 다른 대답을
내놓겠지만 저의 대답은 이렇습니다. 낚시란 인간이 자연 앞에
정면으로 서는 일이며, 이 대립의 무게 추가 바로 물고기입니다.
물고기는 소리에 예민하다는 정설에 따라, 물고기가 낚이기
전까지는 고요, 또는 숨죽인 긴장이 이어집니다. 이 인내는
상호적입니다. 인간만 인내하는 것이 아니라 자연 또한 인내하고
있는 것입니다. 화창한 날 저수지에 개구리밥이 지천으로 널려
있고 물기슭에 이파리 무성한 나무들이 저수지 쪽으로 몸을
기울여 그늘을 만들고 있습니다. 어느 면으로 보아도 물고기가
있을 법한 풍경입니다. 이런 곳에서 물고기를 내어주지
않는다는 사실을 받아들일 수 없는 인간은 계속해서 캐스팅을
시도합니다. 반복되는 죽음 속에서 자연은 인간이 수면 아래로
보내는 유혹을 참아내는 일을 학습합니다. 그 긴장과 길항을
낚시라고 할 수 있을 것입니다. 전략과 인내, 그리고 성취. 하지만
그 스포츠를 위해 물고기의 입이 찢어져야 하는 걸까요?
물고기의 대가리가 토막 나야 하는 걸까요? 허탕을 치는 당신의
발걸음이 무거워져야 하는 걸까요? 허구한 날 바깥으로만
나돌아야 하는 걸까요? 저는 이러한 불합리와 비윤리 등을
점진적으로 해결하는 방안으로 사이버 낚시를 제안합니다.
사이버 낚시에서 플레이어는 자신의 아바타를 통해 스크립트로
직조된 사이버 자연 앞에 정면으로 서게 됩니다. 플레이어는
실제 낚시와 똑같이 낚싯대와 미끼를 선택하고, 현실에 존재하는
어장을 모델로 만든 사이버 어장을 찾아 사이버 낚시를 할 수

있습니다. GPS맵을 따라 보트를 타고 포인트로 이동하면, 화창한 날 저수지에 개구리밥이 지천으로 널려 있고 물기슭에 이파리 무성한 나무들이 저수지 쪽으로 몸을 기울여 그늘을 만들고 있습니다. 물론 사이버 낚시에서도 사이버 자연과의 대립은 발생하며, 이 길항 속에서 사이버 물고기를 낚을 수도, 또는 허탕을 칠 수도 있습니다. 하지만 어디에나 내가 존재할 수 있다는 감각. 나는 여기(방구석)에도 있고 저기(어장)에도 있습니다. 사이버 낚시터로 떠나면 다리가 아프지 않습니다.

기름값도 나가지 않습니다. 물고기 또한 낚싯바늘의 위험으로부터 안전합니다. 플레이어는 사이버 낚시를 통해 진짜 물고기를 얻을 수도 없고 진짜 상금을 거머쥘 수도 없지만, 사이버 머니를 벌 수는 있습니다. 사이버 머니를 모아서 어디에 쓰냐고요? 사이버 장비와 사이버 의상을 구매하는 데 사용합니다. 사이버 낚시터에 접속되어 있는 시간이 길어질수록 현실의 자신보다 사이버의 자신이 자아와 훨씬 더 강력하게 링크되는 것은 당연하므로 방구석에 처박힌 현실의 내가 입을 옷보다는 사이버의 내가 입을 옷이 훨씬 더 중요한 것 또한 순리입니다.

　　하지만 한편으로 저는 이렇게도 생각합니다. 사이버 낚시를 하면 현실의 물고기는 다치지 않지만 사이버 물고기는 여전히 다칠 위험이 존재한다고. 반복되는 사이버상의 고통이 사이버 물고기들을 진화시킬 수는 없겠지만 이 고통은 플레이어의 시간 감각을 파괴시킬 위험이 있습니다. 한번 시간 감각이 파괴된 이는 한정된 시간 속에서 살아가는 일이 한없이 무의미하게만 느껴질 것입니다. 그렇기에 사이버 낚시터에서조차 저는 사이버 물고기를 잡은 뒤 릴리스를 해주고, 현실의 흔들의자에 앉아 충분한 휴식을 통해 일상성을 회복하려 노력하는 것입니다.

사이버 트럭 기사

나에게는 사이버 낚시 친구가 있다. 그의 직업은 사이버 트럭 기사다. 그는 사이버 유럽과 사이버 아메리카 대륙에서 적어도 4천 시간 이상 트럭을 몰았다. 그 정도라면 실제 트럭도 몰 수 있을 거 같은데 그에게 진짜 직업은 없고 사이버 직업만 있다.

그는 종종 사이버 낚시터에서 사이버 낚시를 하는 내게 와서 새로운 사이버 낚시터의 수질과 그곳에 서식하는 물고기들의 종류를 묻는다. 또한 입장료를 묻고는 언제 입장료가 내려갈지에 관해서도 묻는다. 내가 낚시터 관리인도 아닌데. 그리고 그는 늘 다음에 오겠다고 한다.

거짓말 같지만 아니다.

도망자

나를 쫓는 무리들이 포위망을 좁힌 것 같다. 조만간 이 호텔에서
벗어나야겠다. 경로는 대강 생각해두었다. 창문을 통해 커튼을
타고 빠져나와 차를 타고 가까운 강으로 이동. 드론을 띄운 뒤
수중 장비를 착용하고 강으로 입수. 띄워둔 드론을 통해 시야와
경로를 확보하고 수중에서 이동해 예정된 목적지에 다다르면
계획 완수. 수중에서 이동하면 이동 경로를 파악하기가 더
어렵다고 판단해 만든 도주로이다.

올해로 도주만 20년째. 처음부터 이렇게 오래 도망 다닐
생각은 없었다. 유명 소설의 주인공처럼 빵 하나만 훔친 것은
아니지만, 그래도 첫 도둑질에 대단히 악한 의도가 있었던 것은
아니었다. 우연히 미술관에 갔다가 미술 작품 하나를 보게
되었는데, 그만 그 작품을 들고 나와버렸다. 내가 왜 그랬을까?
그 그림은 요한이 예수에게 세례를 베푸는 일화를 그린 성화였다.
그림을 보자마자 그 그림이 내비치는 광휘에 내 눈이 먼 것
같았다. 나는 그걸 갖고 싶다는 생각도 하지 않았고, 그걸
가져야겠다고 생각하지도 않았다. 다만 그걸 가졌다.

어떻게 내가 보안팀을 뚫고 그 그림을 들고 나왔을까?
모든 게 거의 본능적이었다. 이후 나는 기왕 도둑이 된 김에 다른
것들도 훔쳤다. 주로 부자들의 물건을 털어 처분한 뒤 일부는
내가 가지고 일부는 기부했다. 말하자면 십일조 같은 거였다.
나는 비록 냉담자이지만 세례명도 있는 사람이다.

나는 내가 도둑질에 재능이 있는 줄 알았다. 아니었다.
나는 도망에 재능이 있었다. 도둑질에 실패하더라도 언제나

무사히 빠져나왔다. 그러다 보니 어느 순간부터는 나의 도망을 응원해주는 팬들도 생겼다. 부자를 털어 가난한 이에게 나눠주는 의적이다, 뭐 이런 식으로 소문이 난 모양이었다. 나의 도망을 누군가가 응원해준다고 하니 어쩐지 기분이 좋고, 살면서 내가 어떤 일을 할 때 이 정도로 잘한 것이 있는가 하면 딱히 없었으며, 이 정도로 나를 지지해주는 사람들이 있었나 하면 그것도 아니었기에 나는 도망을 계속하기로 했다.

그리하여 언젠가부터는 딱히 도둑질은 하지도 않고 도망 전문가로만 살고 있다. 액션캠을 장비해 도주 영상을 촬영하고, 인터넷에 동영상을 올리고, 후원을 받고, 활동비를 제외한 후원액은 기부하면서. 상황이 이렇다 보니 나를 잡으려는 무리가 경찰만은 아니게 되었고, 자칭 탐정, 흥신소 직원 등등도 나를 잡겠다며 채널을 개설해 동영상을 올리고 있는 형국이다. 20년간 도망치다 보니 시대가 변해 나의 도망 행적이 스트리밍 산업의 일부가 될 줄은, 정말이지 나도 몰랐다!

놀이공원 안내인

마지막 놀이공원,
놀이공원의 마지막

이 놀이공원은 인류사의 둘도 없는 업적이라 칭할 만합니다.

마지막 세기의 60년대에 건설된 이 놀이공원은 기계의
노후화와 더불어 인류사가 끝을 맺게 됨에 따라 자연스레 운영을
종료하게 되었습니다. 그리고 오늘이 바로 그 마지막 날입니다.

인류사의 가장 자랑스러운 유산을 아무도 아닌
여러분들에게,

없는 여러분들에게 마지막으로 안내해드리는 것을 저는
아주 영광스럽게 생각합니다.

찻잔들

이 기나긴 인류의 역사 와중에도 18세기 독일의 연금술사에 의해
최초로 고안된 이 찻잔의 디자인이 유지·계승되었고, 그 형태를
본뜬 놀이 기구 또한 계속됐다는 점은 기이하고도 놀랍습니다.
왜 사람들은 찻잔에 타고 싶어 할까요? 왜 누군가는 인간들을
찻잔에 태우고 싶어 했을까요? 왜 인간들을 태운 찻잔들은
회전하는 테이블 위에서 외따로 돌아가고 있었을까요? 그것은
혹시 수많은 대화가 오가는 한 카페의 테이블에 앉아 이야기를
나누던 당신과 나의 대화가 겉도는 형식으로 영영 맴돌고

있다는 진실에 대한 은유였을까요? 혹은 그저 디저트의 역사
한가운데서, 누군가의 간밤에 피어올랐던 꿈의 한 자락이 물질로
나타난 것일까요?

그에 관해서 더는 알 수 없지만, 대화는 진작에 끝이 났고,
사람들은 떠나갔으며, 찻잔에는 아무것도 담겨 있지 않습니다.
아무것도 담지 않은 채로 찻잔은 돌아갑니다.

흔들리는 보트

그 기원이 빅토리아 시대로 거슬러 올라가는 '스윙 보트'는
두 명의 어린이가 마주 보고 타는 보트 모양의 그네로부터
출발했으나, 보트 탑승객이 점차로 늘어남에 따라 인디언 카누,
중국 어선, 마귀할멈의 돌죽 끓이는 솥단지, 후크 선장의
해적선, 바이킹의 함선, 콜럼버스의 순양함, 달 탐사 우주선,
은하수를 달리는 증기기관차, 시공간 워프십 등 다양한
형태로 만들어졌습니다. 지상과 허공을 오가는 스윙 보트 중에도
걸작은 많았습니다만, 여기에 있는 차원과 차원을 오가는 스윙
보트만큼은 아닐 겁니다. 차원 간 이동에서 공포를 동반한 극심한
멀미와 정신 이탈을 경험할 수 있으니 노약자는 탑승을 삼가시고,
성인들에게도 턱받이 착용을 권장합니다.

하지만 우리의 이러한 걸작조차 선조들의 추억 앞에서는
예의를 지킬 수밖에 없겠지요. 놀이공원에 갈 수 없거나 아직
스윙 보트를 탈 수 있을 만큼 자라지 못한 선조들은 떠돌이
장사꾼의 소형 스윙 보트를 즐겼다고 합니다. 짐칸에 소형 스윙
보트를 싣고서 여러 마을을 돌아다니며 아이들에게 '다른 공기'의
냄새를 잠시나마 맡을 수 있게 해주었던 떠돌이 장사꾼들, 그들이
부모들의 화폐와 아이들의 꿈을 받아내고서 그것들을 어디에
투자했는지 아실 분들은 아시리라 생각합니다.

당신은 보트에 실려 있습니다. 당신이 실린 보트는 흔들립니다. 형벌을 받는 형세로 흔들립니다. 흔들리는 당신의 육체가 정신을 잃습니다. 당신의 얼굴이 허공에 둥둥 떠 있게 됩니다. 표정 없는 부표가 됩니다.

자동차들

범퍼카는 과거에 존재했던 전기기관차와 완전히 같은 원리로 작동되었습니다. 지금까지도 말이죠. 더 빠른 것을 만들 이유도 없고, 구동 원리가 최신이어야 할 이유도 없으며, 차보다는 차를 들이받는 행위 자체가 핵심이기 때문으로 판단하고 있습니다. 물론 천장에서 번쩍거리는 불꽃을 보는 재미를 잃을 수 없다는 이유도 있었겠습니다만.

놀이공원에 혼자 오는 사람도 거의 없긴 했지만, 범퍼카를 혼자 타는 사람은 정말 드물었습니다. 범퍼카의 이러한 속성을 통해 우리가 알 수 있는 것들은, 우리에게는 안전한 충돌에 대한 욕망이 있으며, 인간은 이러한 종류의 물리적 충돌을 통해서 화학작용을 일으키며, 때문에 안전한 충돌에 대한 욕망은 가까운 이 혹은 가까워지고 싶은 이들에게만 발생한다는 것입니다. 범퍼카의 사고는 범퍼라는 연장된 육체를 통한 신체 접촉 행위입니다. 여기서 한 가지 더 알게 되는 중요한 사실이 있죠. 혼자서 범퍼카를 타는 사람은 조심해야 할 필요가 있습니다. 그는 내면에 무엇이든 파괴하고자 하는 욕망이 있는 사람이니까요.

유령의 집

진짜로, 진짜로 유령이 없다고 과학적으로 증명이 된 이후에도 아주 오랜 세월 동안 인간들은 유령의 존재를 믿었습니다. 홀로그램의 대중화는 진짜가 아닌 것을 알고 있음에도 진짜처럼 보이는 것에 대한 공포를 더욱 강하게 만들었고, 그런 의심과

믿음과 기술의 진전으로 그것들의 일부는 정말로 진짜가
되었습니다. 그 진짜가 된 유령들을 처리하기 위해 진짜 고스트
버스터즈가 등장하기에 이르렀으며, 오늘날 유령의 집은 연출을
통해 관객들에게 공포를 심어주려는 공간이 아니라 인간들이
만든 진짜 유령들을 가두어놓은 감옥이자 전시관이 되었습니다.
그렇다면 이곳은 박물관과 비슷한 공간일까요, 미술관과 비슷한
공간일까요, 아니면 지금은 사라지고 없는 과거의 동물원과
비슷한 공간일까요? 유령의 권리에 대해 논하기도 전에 인류사가
끝맺게 되었음은 참 아쉽지 아니할 수 없습니다.

떠내려가는 것

떠내려가는 시체에 대한 생각으로 워터 슬라이드가
만들어졌는지, 워터 슬라이드의 체험을 통해 떠내려가는
시체라는 이미지가 생겼는지 쓸데없는 것을 연구하는
학자들 사이에서는 최후까지 의견이 분분했고, 이후 그들 중
일부는 시체가 되어 강물을 떠내려갔거나 강물을 떠내려가다
시체가 되었습니다. 물이 성격과 개성을 가지게 된 것은
그보다 조금 더 뒤의 일입니다.

어머니의 유산

롤러코스터야말로 놀이공원의 자부심입니다. 규모가 있는
놀이공원에는 롤러코스터가 있기 마련이며 그 롤러코스터의
점수는 곧 놀이공원의 점수와 직결되기도 합니다. 훌륭한
놀이공원의 롤러코스터가 엉망일 수는 없으며, 훌륭한
롤러코스터가 있는 놀이공원이 엉망일 수는 없는 것입니다.

롤러코스터의 기원은 과거 러시아라 불렸던 나라의
민족들의 놀이에서 찾아볼 수 있습니다. 시대에 따라
상트페테르부르크라고도 불렸고 레닌그라드라고도 불렸던
곳에는 얼음산이 여러 좌 있었고 이곳들은 썰매장으로

만들어졌습니다. 남편과 함께 오라니엔바움에서 불행한 시기를
보냈던 예카테리나 대제는 이곳에 시누아즈리의 요소를
한가득 담은 중국 궁전과 카트를 탈 수 있는 언덕을 만들기도
했습니다. 이후 지금은 잊힌 전쟁을 피해 포르투갈이라 불렸던
나라로 떠난 러시아 난민들이 어머니의 땅을 기억하기 위해
세라-다-에스트렐라에서 타고 놀았던 그 눈물 어린 썰매들과……
거기에서 상품성을 발견하곤 바퀴 달린 카트와 트랙을 제작해
‘러시아의 산’이라는 이름을 붙여 놀이 기구 사업을 시작한
프랑스라 불렸던 나라의 사업가들과……

　　그러한 모든 것들을 기억하기 위해 수많은 나라들은
‘러시아의 산’이라는 짧은 문장을 롤러코스터를 의미하는
문장으로 두었으나 러시아라 불렸던 나라는 롤러코스터를
의미하는 문장으로 ‘아메리카의 산’이라는 문장을 사용했다는
점까지,

　　어찌 이 모든 것들이 롤러코스터 그 자체와 같다고 하지
않을 수 있겠습니까.

　　놀이공원의 상징과도 같은 롤러코스터는 놀이공원의
역사와 함께 발전해온 놀이 기구이기에, 그 어떤 기구보다도 잦은
변화를 거쳤습니다. 19세기 최초로 공중회전을 하는
롤러코스터가 등장한 이후 트위스트 레일, 수직 낙하 레일,
후진형 롤러코스터, 레일이 상단에 있어 탑승객의 발이 허공중에
떠 있는 모델, VR과 현실이 결합된 모델, 처음부터 끝까지
아래위가 뒤집힌 채로 질주하는 모델, 수중을 통과하는 모델,
대류권 부근까지 솟아오를 수 있도록 로켓 엔진이 달린 모델,
중간에 한 번 끊겼다가 재연결되는 레일, 자력의 힘을 이용하는
모델, 레일이 없는 (롤러)코스터, 차원 관통형 등등 다양한
롤러코스터가 탄생했습니다. 초기 롤러코스터들의 속도는 당시

표기법을 따르자면 약 시속 10킬로미터 정도였고 인류가 가장
번성했을 때는 시속 190킬로미터 이상이었는데, 불본 이조차도
인류가 남긴 마지막 롤러코스터를 보자면 한가하게 보이기는
합니다.

회전목마

사람들은 회전목마의 정신병적 속성에 관해 이야기했습니다.
많은 시인들이 회전목마에 관해 썼고, 많은 가수들이 회전목마에
관해 노래했습니다. 대한민국이라 불렸던 나라에서는 살아
있는 말을 사용해 회전목마를 만들기도 했다는 기록이 남아
있습니다. 왜 회전목마와 광기는 연결되는 것일까요? 물론
그것이 빙빙 돌기 때문이겠지만, 단순히 돌기 때문만은 아닐
것입니다. 회전목마의 광적인 지점은 정직하게 원을 그리면서
천천히 돈다는 데에 있습니다. 말과 마차를 타고서요. 말과
마차가 이미 보편적인 탈것이 아니었던 시절은 물론이고 말이
멸종한 시절에도 사람들은 말을 회전목마의 표준적 모델로
사용했습니다. 백마를 탄 왕자와 마차를 탄 공주에 관한 전설들이
민속학자의 연구 자료 속에나 등장하던 시절에도 회전목마
제작자들은 말을 소재로 사용했기에, 말에 대한 자료를 고문서
혹은 딥웹에서나 확인할 수 있었을 무렵에는 제작자들 멋대로
말을 상상해서 만들어내는 지경에 이르러 후기에는 그 꼴이 아주
기괴해져버렸습니다. 말의 이마에는 나선형의 긴 드릴이 달리게
되었으며, 다리는 여덟 개가 되었고, 한쌍의 날개가 어깨에
돋아난 형상으로 말은 오랫동안 원을 그리며 돌았습니다. 기술의
거듭되는 발전에도 회전목마는 긴 시간 동안 기술의 영향을 받지
않고 고전적인 메커니즘을 유지했다는 점 또한 이상하고도
당연한 일이었습니다.

대관람차

이런저런 놀이 기구를 다 타봤다면, 더 이상 타고 싶은 것이

없다면, 놀이공원을 떠나기 전이라면 마지막으로 이것을
타십시오. 인간으로서 살았던 날들과 인류로서 존재했던 날들을
돌이켜보십시오. 인간들이 쌓아 올리고 또 허물었던 모든 것들을
높은 데서 굽어보십시오. 그 경치가 보시기에 좋을 것입니다.
온몸에 기름을 붓고, 점화시키고, 이제 그만 저는 영원히
쉬어야겠습니다.

공작원

저는 기획자입니다. 기획자 중에서도 특별한 기획자이죠. 남들과는 다른 특별한 기획을 하는 이를 찾고 있다면 바로 저입니다. 저는 돈 안 되는 기획, 회사 말아먹는 기획의 전문가입니다. 회사 운영이 피곤하십니까? 회사를 닫을 적당한 핑계가 필요하신가요? 벌어둔 돈으로 적당히 살고 싶은데 직원들을 자를 수가 없나요? 저를 고용하는 게 최선의 선택입니다! 저는 세상에 둘도 없는 기획자, 최고의 공작원이니까요. 저를 고용해주시면 고용주의 은밀한 욕망을 실현시켜드리겠습니다. 고용주가 할 일은 그저 가끔씩 한숨을 푹푹 쉬고, 괜히 화내고, 직원들에게 감시의 눈길을 보내고, 종종 회사에 안 나오거나 일찍 퇴근하면 됩니다. 그러면 제가 반년 안에 큰 거 하나 만들어드리지요. 준비 완료되면 고용주께서는 결재라고 쓰고 점화라고 읽는 행동만 취해주시면 됩니다. 그러면 쾅! 곧 당신께서 쌓아 올린 탑은 잿더미가 될 것이고, 당신이 자르고 싶던 직원들은 무너지는 건물에서 살아남겠다고 알아서 도망갈 것입니다. 잔해 속에서 돈 될 만한 남은 것들을 건지고, 청소하고, 마무리하는 작업까지 깔끔하게 도와드릴 것을 보장합니다. 사업 좀 해보셨으니 이 바닥 신뢰 없으면 오래 못 가는 거, 잘 아시죠?

택시 기사

어서 오세요. 어디로 모실까요? 자주 가시는 길 있으세요? 없으면
알아서 가도 될까요? 아, 그러면 내비게이션 안내대로
가겠습니다. 이 도시에서 유일하게 사람이 운전하는 저의 택시를
불러주셔서 고맙습니다. 그런데 이런 질문 실례일지 모르겠지만,
그곳에 왜 가려고 하시는지 여쭤봐도 될까요? 요새 하도 시위니
폭동이니 말이 많잖아요. 마침 가시려는 곳이 위험한 곳이라서요.
허구한 날 모여서 시위하는 것 때문에 짜증이 이만저만이
아닙니다. 손님은 빨리 가달라 하시죠, 길은 막히죠, 제가 뭘
어떡해야 하겠습니까? 막힌 길을 뚫기라도 해야 할까요? 그냥 싹
다 밀어버려? 요즘엔 젊은 사람보다 늙은 사람들이 더 문제예요!
늙었으면 얌전히 집에나 있지, 아직도 골골대면서 시위한다고
촛불 들고 나가고 그러지 뭡니까? 그러다 화재라도 내면 어떡할
거야? 이래서 세 살 버릇 여든까지 간다는 거 아니겠어요?
그렇다고 세 살부터 시위하러 나갔다는 말은 아니지만…… 그에
비해 요즘 젊은이들은 참 믿음직하단 말이죠. 데모 같은 허튼짓도
안 하고, 착실히 갱생해서 일터 쟁취하고, 이니면 도태! 열심히
일하면서 받는 월급에 안주하지 않고 세계 정세를 세심히
관찰하며 투자로의 과감한 모험! 살아남는 자가 강하니까,
강한 자가 되기 위해 살아남으려는 저 집념에서 느껴지는 삶의
열정! 부모도 스펙이다! 부모가 하찮으면 부모의 등골을
최대한 빨아먹은 뒤 손절해내는 예리한 감각까지. 인간 세상이
원래 노력하지 않으면 살아갈 수 없는 잔혹한 야생과도 같다는
걸 빨리 인정하고 살아가는 똑똑한 친구들이죠. 팩트는 팩트다,

인정할 건 인정하자! 암요, 저는 이 똑똑한 젊은이들이라면
우리나라 잘 이끌어가리라 믿어 의심치 않습니다.

그런데 젊은 아가씨, 그곳에 왜 가신다고 하셨죠? 네?
혁명하러 가는 중이라고요?

야경원

별들이 하늘을 질주합니다.
이 밤을 지키려는 듯이
고체 별들이 울며 칠흑을 관통합니다.
새가 나뭇가지 위에서 울기 시작하면
누운 사람들도 천천히 일어나 간밤의 안녕을 물을 것입니다.
그사이 세계의 구성은 조금씩 뒤바뀌어 있습니다.
눈을 감은 어떤 자는 더는 눈뜨지 않고
울음이 많은 자는 처음으로 눈을 뜹니다.
그 눈빛에 반사되어 쏟아지는 풍경들. 그리고
지난밤 끝끝내 잠들지 못한
한 사람의 정신에 새로운 방향을 내어주던
별들 부딪는 소리.

고물상(월드와이드웹의)

몇 시간째 쓰레기 더미를 헤집는 중. 누군가가 쌓아놓고 잊어버린 북마크가 가득 쌓여 있다. 월드와이드웹은 세상 만물들이 수면 위로 둥둥 떠다니는 깊은 바다다. 그것들은 다들 뭔가 중요해 보이고, 의미 있어 보인다. 실제로도 그렇지 않은가? 당신이 바다에 갔을 때, 뭔가가 바다에 떠 있으면 당신은 그것이 무엇인지 살펴볼 것이다. 그게 조업 중인 배인지, 파도를 타는 서퍼인지, 무언가의 파편인지, 헤엄 치는 해양 생물인지, 부표인지, 시체인지… 알아야 할 필요가 없음에도 그것이 뭔지 알려고는 할 것이다. 그게 눈을 가진 생명체의 본능이니까. 그래서 인터넷에 접속한 인간들은 쉬지 않고 무언가에 눈길을 주며 과잉된 정보의 바다를 헤엄쳐 다닌다.

사람들은 뭔가가 보이면 그것이 무언지는 알고 싶어 하고, 그것이 흥미로워 보이면 다음에 시간 날 때 자세히 봐야지, 라고 생각하지만 대부분은 그걸로 끝이다. 언제나 더 중요한 것은 표면이다. 어떤 사물의 눈에 보이지 않는 부분이 어떻게 되어 있든, 어떤 글의 진짜 의미가 무엇이든 알 필요가 있을까? 만드는 사람을 제외한다면 말이다.

보이는 것을 만드는 사람들에게는 재료와 원리가 필요하다. 그들 중 몇몇의 솜씨는 신적이지만, 그렇다고 해도 무에서 유를 만들어낼 수는 없으니까. 그들의 효율적인 창조를 위해 우리 같은 사람들이 있다고 볼 수 있겠다. 온갖 수면과 심해에 가득한 쓰레기 더미를 헤집으며 재활용 가능한 데이터를 수집하고 이것에 적당한 가치를 매겨 거래하는 것이 내 일이다.

이 직군 종사자들에게 주의사항. 출처가 불분명한
데이터를 취급할 때는 언제나 조심할 것. 버려진 데이터들은
때때로 감염되고 변형되고 증식하며 하이퍼 생태계를
이룬다. 혹시라도 실수한다면 더는 사실과 원전을 알 수 없을
만큼 변형된, 그러나 너무나 사실처럼 변형된 데이터를 건드리고
말 것이다. 나는 그 미로 같은 데이터의 내부로 들어가다가
자기를 잃어버린 이들을 가끔 만났다. 그들의 얼굴은 크게 벌어진
검은 아가리 같았다.

133

3부

결정자

"결정 사무소입니다. 무엇을 결정해드릴까요?"

"제가 지금 중국집인데요, 짜장면을 먹어야 할지 짬뽕을 먹어야 할지 모르겠습니다. 뭘 먹는 게 좋을까요?"

"평소 매운 걸 잘 드시는 편인가요?"

"아뇨."

"방문하신 곳이 어딘가요?"

"돼지반점이요."

"돼지반점은 짬뽕이 맵기로 유명합니다. 매운 걸 못 먹는 사람이 먹기엔 조금 부담스러운 정도이니 평일 점심 식사로는 적당하지 않겠네요. 짜장면을 드세요."

"네, 감사합니다."

오늘도 이런 자질구레한 콜을 100통가량 받았다. 나는 결정 사무소를 운영하고 있다. 사람들은 나를 결정자라 부른다. 그 말 그대로 나는 수많은 것을 결정한다. 선택하고 결정해야 하는 일이 너무 많아진 시내이기에, 대부분의 사람들이 '결정 장애'라 불리는 현상을 어느 정도 경험하고 살아간다. 결정 장애가 일어나는 까닭은 무언가를 선택해야 하는 순간에 고려해야 할 변수가 너무 많을 때, 우리의 뇌가 과부하를 일으키기 때문이다. 나는 그러한 과부하를 덜어주기 위해 이 사무소를 차렸다.

사람들은 나에게 결정이 필요한 온갖 것을 다 물어본다. 내일 옷 뭐 입을까요? 집을 사야 할까요? 어느 대학을 가야

할까요? 내일 출근하기 싫은데 어떡할까요? 책 표지를 뭘로 해야
할까요? 유튜브 채널을 새로 파야 할까요? 꼭 이 사람이랑
결혼해야 할까요? 퇴직해도 될까요? 이런 식으로 프로그래밍해도
될까요? 어떡하면 학원에 빠질 수 있을까요? 살 뺄까요? 지금
이 주식 사도 될까요? 친구랑 절교해야 할까요? 무슨 운동을
해야 할까요? 대선에 출마할까요? 찍을 사람 없는데 누구를
찍어야 할까요? 자살할까요? 제가 이제서야 신을 믿어도 되나요?
지금 쓰고 있는 원고가 개떡 같은데 버릴까요?

　　방금 점쟁이가 전화를 걸어왔다. "당신 때문에 손님이
줄어들고 있습니다. 폐업할까요, 말까요?" "폐업하세요." 나는
결정해주었다.

　　그들이 내 결정에 따랐는지는 알 수 없다. 다만 나의
객관성이 그들의 결정에 도움이 되리라 확신한다. 그나저나 오늘
저녁은 뭘 먹지.

헌병 수사관

헌병 수사관이 된 이후로 나의 관심을 가장 끄는 것, 바로 유서다.
논리적인 이유는 모르겠다. 나는 어려서부터 죽음에 관심이
많았다. 어릴 적 애거사 크리스티가 쓴 살인에 관한 소설들을
읽었을 때부터일까, 아니면 영정(할아버지의)을 처음 봤을
때부터일까. 나는 죽음에 일찍 호기심을 갖기 시작했고 그것에
관해 생각해왔다. 정확히는 타인의 죽음에 대해. (내 죽음?
알 게 뭔가. 나는 죽지 않을 텐데. 나는 죽지 않을 것이다. 어떠한
수를 써서라도.)

　사람이 죽기 직전에 이 세상에 문자로 된 뭔가를
남기고 싶어 한다는 점은－그것이 시일지라도－인간이란 존재가
최후까지 생각을 놓지 않는 존재라는 사실을 늘 나에게
재확인시켜준다. 죽기 전의 유서 쓰기, 그것은 세상에 영혼의
잔량을 새기는 일인 것이다. 영혼이란 개념을 믿는 나로서는
그렇게 생각할밖에 다른 도리가 없다.

　대부분의 경우 인생은 안에서 볼 때엔 더없는 비극이지만
바깥에서 보면 우스운 희극이다. 지난 이 주 동안 발생한 두 건의
자살 사고는 그 점을 더 분명하게 알려준다. 이 주 전 A중령이
죽기 전에 남긴 유서는 다음과 같다.

　평생 나라에 충성하고 전우를 믿으며 살아왔는데 돌아오는
건 배신뿐이구나. 허망하다. 아내와 아이들에게 미안하고
부끄럽다.

그는 주어진 진급 기회를 모두 놓쳐 중령 계급으로 퇴역을
준비 중인 군인이었다. 와중에 평소 의지하던 B중령이 솔깃한
투자를 제안했다. A중령은 퇴직금을 몽땅 B중령에게 맡겼고,
B중령은 사라졌다. 다른 여러 군인들의 목돈과 함께.

그리고 한 주 전에 B중령이 남긴 유서는 다음과 같다.

멍청한 군인들.

개 같은 내 인생.

B중령은 A중령을 포함한 여러 동료들에게 사기를 쳐
10억을 모았고, 그 돈을 100억으로 만들어준다는 외국
투자자에게 맡겼다. 투자자는 사라졌다.

나이 많은 군인의 자살 사례는 대부분 돈 문제와 관련되어
있다. 군 생활만 해서 세상의 이치에 밝지 않으니(나 역시 예외는
아니리라) 사기를 쉽게 당하는 것이다. 반면 젊은 간부의 자살은
크게 두 가지가 주된 자살 사유로 조사된다.

주희(가명)야.

네가 돌아오지 않는다고 하니 나도 더는 갈 곳이 없구나.

부모님 죄송합니다.

처럼 연애 문제이거나,

내가 죽는 이유는 다음 달 있을 전군재물조사에 대한
부담감 때문이다. 초급 장교로서 심적인 부담이 너무 크다. 매일
스트레스를 받아 제대로 잠을 잘 수도 없다. 이 정도로 나약한
내가 한심하다. 나의 죽음으로 인해 사단장님이나 대대장님 등
다른 간부, 병들에게 피해가 가지 않기를 바란다. 나의 죽음은
오로지 나의 모자람 탓이다. 어머니 죄송합니다.

처럼 업무상 스트레스 문제 등이 있다. 장교일수록 스트레스로 인한 자살 비중이 높고, 부사관일수록 연애 문제로 인한 자살 비중이 높다.

병사의 자살 사유는 여러 가지인데, 가정 환경으로 인한 비관 자살이 가장 빈번하다. 대개 집안에 돈이 없고, 부모 사이가 좋지 않거나 이혼했으며, 자신이 가장 노릇을 해야 하는 이들이다. 최근 자신이 살던 시골집의 비닐하우스에서 나일론 줄로 목을 졸라 자살한 병사의 유언은 이랬다.

군에서 남은 2년을 보내려니 막막하다. 나와서도 뭘 하며 살아야 할지 모르겠다. 잘하는 것도 없고……
미래를 감당할 자신이 없어 떠납니다.
어머니 죄송합니다. 선규(가명)야, 짐을 얹고 가서 미안하다.

많은 자살자의 유서엔 공통적으로 죄의식이 나타난다. 혼자 죽는 게 인간이지만, 혼자 사는 건 아니기 때문일까?

오늘도 우리 부대의 병사 하나가 죽었고, 나는 현장과 가까운 곳에 있다. 죽은 병사의 집이다. 사고자는 두 시간 전에 아파트 15층 자신의 집 베란다에서 뛰어내렸다. 병사는 신병 휴가 중이었고, 오늘은 복귀 예정일이었다.

사고자 부친의 진술에 따르면(모친은 충격으로 입원해 있다), 사고자는 휴가 내내 자신의 방 안에서 지내다가, 두 시간 전 자기 방에서 나와 큰방에서 티브이를 시청 중이던 부모에게 "어머니 아버지, 키워주셔서 감사합니다!"라고 소리친 후 그대로 베란다까지 달려간 뒤 뛰어내렸다고 한다.

부대로 돌아가 같이 생활하던 병사들의 진술을 들어 종합적으로 수사를 진행해야 하겠지만, 사고자 아버지의 진술과 유서를 살펴볼 때 단순 비관 자살일 가능성이 높다. 사고자는 학창 시절 간에 질병이 있어 입 냄새가 심하게 나는 사람이었고 이때 받았던 심한 스트레스로 인해 입 냄새가 치료된 이후에도 자신에게 끔찍한 입 냄새가 난다고 믿어왔다.

사고자의 유서를 읽고 나니 기분이 이상하다. 물론 사고 현장, 죽은 사람, 유서 등을 보는 건 언제나 좀 찝찝하고 씁쓸한 일이지만, 이 유서는 뭐랄까, 조금 평범한 언어로 쓰인 것 같지는 않다. 유서 쓰기가 세상에 영혼의 잔량을 새기는 일이라고 내가 말했던가? 그렇다면 이 병사의 영혼은 매우 불쾌한 것이었음이 틀림없다. 이 괴팍한 문투와 지독한 악필은 뭔가에 오염되어 있는 듯한 느낌을 강하게 준다.

142

오늘도 계속되는 세상과의 불화. 건강해지기 위해서는 운동을 해야 한다. 맨손 체조. 윗몸 일으키기. 운동을 하면 잠이 온다. 이 위치가 가진 에너지를 설명할 수 없음. 중력이 내 몸을 처박기 전까지. 땀을 흘리면 기분이 낫다. 메들로 풍비의 지각의 현상학은 학수에게 주겠다. 정신의 테니스. 공은 내가 치려는 순간 내 시야에서 사라지고 없다. 오늘도 행인들이 비웃었음.

건강해지기 위해서는 운동을 해야 한다. 운동을 하면 잠이 온다.

메들로 풍비가 누구인지는 모르겠지만, 적어도 사고자에게 강한 영향을 미친 작가인 것은 명백해 보인다. 친구에게 저작을 유증(遺贈)으로 남길 정도이니 말이다. 전혀 읽고 싶은 마음이 들지 않음에도 불구하고 그 저자와 책의 이름은 사악한 자력이 있는 것처럼 나의 영혼을 끌어당긴다. 매우 불쾌하다. 그가 최후까지 놓지 않은 망상, 피해 의식을 읽노라니 구토가 일 것만 같다. 뭔가를 써두어야 할 것만 같은 기분이다. 펜, 당장 펜이 필요하다. 지금 써두어야 한다. 나는 지금 당신의 시체가 아니라 당신이 쓴 글을 보고서 극렬한 구토감을 느꼈다고. 나를 그렇게 만든 건 죽은 당신이 처음이라고.

세신사

"어떻게 밀어드릴까요?"

"전신으로 해주세요."

내 손짓에 따라 손님은 누웠다. 저렇게 말라서 때가 잘 나오려나? 아플 것 같은데.

우려와 달리 때는 잘 나왔고, 이상할 정도로 많이 나왔고, 물을 끼얹을 때마다 배수구로 검은 물이 흘러갈 정도였다. 이 손님 뭐야. 왜 밀어도 밀어도 때가 나오지. 농담이 아니고 자기 몸보다 많은 때가 나오는 것 같은데. 도대체 얼마나 안 씻어야 때가 이렇게 나오는 걸까?

....
....
....
....
....
....
....

아, 오늘따라 힘드네. 끝나고 거하게 먹어야겠어. 나처럼 습한 곳에서 오래 일하는 사람들은 뼈가 물렁물렁해지고, 다치기 쉽다. 사실 잘 모른다. 그냥 선배들이 그렇게 말해왔기 때문에 나도 믿고 있는 거다. 그래서 잘 먹어야 한다고.

이런저런 생각에 잠겨 있다가 보니 어느덧 다 밀었다. 오래 일하다 보니 거의 반기계처럼 아무 생각 없이 밀다가 정신 차리면 끝나 있는 경우가 많다. 그런데……

농담이 아니라…… 그저 기겁했다. 내가 지금 꿈을 꾸는 중인 걸까? 내 눈앞에는 한 시간 전과는 전혀 다른 사람이 누워 있었다. 아니, 인간이 맞긴 한가? 탈피라니?

"깨끗하게 밀어주셨네요. 감사합니다."

아직은 새 몸을 보여주는 게 낯설다는 듯, 온몸이 달아오른 그가 멋쩍게 웃으며 말했다.

책쾌

책은 누구나 펼칠 수 있어야 하지요. 남자든 여자든, 어리든
늙었든, 귀하든 천하든⋯⋯ 읽고 싶다면 누구라도 읽을 수 있어야
책이지요. 책이 필요하십니까? 저를 찾아주시지요. 저는
책쾌(冊儈)라고 합니다. 누구는 책거간(冊居間)이라고도 부르고,
또 어떤 이는 매서인(賣書人)이라고도 하지요. 어떤 이름으로
저를 부르든 저는 도성과 팔도를 돌며 책을 사고파는 사람이지요.
제 소맷자락이 코끼리의 귀처럼 넓은 이유를 아십니까? 품속에
수많은 책을 넣어 다니다가 소매에서 슥 꺼내기 때문이지요.
그 책은 당신이 찾던 책이거나, 당신에게 지금 꼭 필요한
책이거나, 지금은 하등 쓸모없어 보여도 언젠가 당신이 어둠에
파묻혀 길을 잃었을 때, 당신에게 방향을 일러줄 잔불이 되어줄
책입니다. 어떻게 이토록 자신하여 말할 수 있느냐는
말씀입니까? 저는 책에 관한 한 팔도의 누구보다 잘 알지요.
선비가 다독한다고 해서 책에 관해 더 잘 알게 되는 건 아니지요.
책을 읽는 것과 책을 파는 것은 완전히 다른 일이기 때문이지요.
지식을 익히는 일과 지식을 거래하는 일이 완전히 다른 일이기
때문에 그렇지요. 지식을 익히는 일은 한 인간의 정신과 품성을,
때로는 성과를 드높이는 일이지만 지식을 거래하는 일은
한 사회의 감수성과 논점과 새로운 기준을 세우는 데 기여하는
일이지요. 규방은 고독한 처소입니까? 시간의 허무를 견디기
위해 기나긴 이야기가 필요하십니까? 제 넓은 품 안에 세상에서
가장 긴 이야기책이 있지요. 180권이나 되어 아무래도 몰래
읽기에는 곤란할 정도이지요. 누가 썼는지도 언제 썼는지도

모르는 책이지요. 권수가 너무 많아서 수많은 필경생들의 손을
거쳐야 했던 책이지요. 이런 기나긴 이야기를 원하십니까?
아니면 손대면 큰일이 나는 금서를 필요로 하십니까? 억울한
표정을 하고서 굴러다니는 수백의 머리통들과 저잣거리로
흘러가는 검붉은 개울을 보고 싶으십니까? 그마저도 구해드릴 수
있지요. 당신이 필요하다면, 아아, 당신이 정녕 책을 필요로
한다면!

고서 감정사

이 책의 표지에서는 이론서의 냄새가 난다.

이론서는 냄새만 맡아도 이론서이고, 에세이는 냄새만 맡아도 에세이이다. 특히나 전도서는 잊을 수 없을 만큼 고풍스러우면서도 악독한 냄새를 품고 있어서 금방이라도 질식사할 것만 같다.

종이책＝고서들은 저마다의 냄새를 품고 있다. 어떤 종이로 만들어졌는지, 주로 어디에서 어떻게 보관되었는지, 어떤 이들의 손을 거쳤는지에 따라 다른 냄새를 입게 된다. 아, 말이 그렇다는 것이지 그 냄새를 통해 정말로 어떤 책인지를 정확히 감별할 수 있다는 소리는 아니니까 오해는 말기를. 우리는 책 감정사이지 책 소믈리에가 아니다.

선조들은 종이책이 존재하지 않는 세상이 올 수도 있다고는 생각했지만, 정말로 오리라고까진 생각하지 않았던 것 같다. 때때로 현재는 사용하지 않는 고어들을 번역해보면 '어쨌거나 종이책은 남아 있을 것이다' 따위의, 추락하는 캡슐 속에서 부내는 희망의 구조 사인 같은 메시지들이 당대 여러 작가의 잡문 속에 남아 전해진다.

선조들이 어떻게 생각했든 간에 책은 여전히 '생성'되고 있지만, 종이책은 유물이 되었다. 아직 개념 합의가 완전히 된 것은 아니나, 책은 더 이상 '물성'(선조들이 종종 사용했던 단어인데, 왜 이런 개념이 필요했는지는 모르겠다)을 지닌 단어가 아니라 지시적인 단어에 가깝다. 어떠한 대상에 대해 어떤 이가 그것을 '읽어내야' 한다고 요구하면 그것은 책이다. 오늘날 널리 쓰이는 책의 개념에 관하여 선조들이 동의할지 안 할지는 모르겠지만, 종이책이 사라지고 난 뒤에도(더불어 책이 '전자책'이라는 과도기적 개념을 벗어난 뒤에도) 책이라는 단어가 이토록이나 모호한 형태로서 남아 있다는 사실은, 어떠한 식으로라도 '책'이라는 단어를 존속시키고자 많은(소수의) 지식인들이 암암리에 공을 들였다는 점을 알아채도록 만든다.

손님은 내가 이론서에 책정한 감정가를 듣고 실망한 기색이었다. 그는 우연히 손에 넣게 된 고서를 팔아 크레디트를 여유롭게 채우고자 했던 모양이다. 감정받는 책이 이론서라는 걸 알면 높은 감정가를 받을 것으로 흔히들 생각하지만 착각이다. 에세이라고 다 낮은 감정가를 받는 게 아니듯이 이론서라고 다 높은 감정가를 받는 것은 아니다. 그 이론서 및 저자가 당대에 미친 영향력이 막대했더라도 그 작가들이 살던 시간으로부터 아득히 멀리 떨어진 시간 속에 살고 있는 우리에게는 그런 점들이 '그다지' 고평가의 요인이 되지는 않는다. 제본의 형태나 디자인 등도 확실한 기준이 되지는 못한다. 어떤 얇은 페이퍼백은 어떤 두꺼운 하드커버보다도 훨씬 비싸다. (대중들이 책을 소비하지 않아 출판업이 사양길로 접어들었을 시기에는 시답잖은 책들까지도 죄다 하드커버로 제작되었다.) 여러 세대를 거치면서 우리 고서 감정사들은 고서 수집가들이 어떤 책을 원하는지, 그리고 그 기준에 따라 어떤 책이 고가의 책인지를 명확하게 분류해낼 수 있었는데 그 기준은 다음과 같다.

1. 책등이 깨끗하며 눈에 띌 것. (가장 중요하다.)
2. 표지가 깨끗하며 개성적이면서도 아름다울 것.
3. '기분상' 책을 몇 장 넘겨보더라도 종이가 바스러지지 않을 만큼 상태가 좋을 것.
4. 작품성이 있는 책이라고 전문가로부터 인증을 받았을 것.
5. 1~4의 조건들을 갖추면서 입수하기가 어려울 것.
6. 1~5의 조건들을 갖추면서 영향력 있는 작가일 것.

7. 1~5의 조건들을 갖추면서 완벽한 무명작가일 것. (현재 유명세와는 상관없이 당대에 무명이었던 점이 중요하며, 단 한 권의 책만 가지고 있을수록 좋다. 이를 가려내는 데 있어 당대에 여러 필명을 사용했던 작가들이 무더기로 밝혀졌다.)

더는 종이로 만든 책이 생산되지 않고, 어떤 책은 그 책에 쓰인 언어가 더는 상용되고 있지 않음에도 불구하고 종이책을 거래하는 이들이 있다는 점은 재미있다. 그들 중에는 고서를 번역해 읽는 이들도 극소수 있지만, 대부분은 전혀 읽지 않는 사람들이다(물론 그들이 '책'을 읽지 않는 사람들은 아니다. 그저 딱히 고서를 읽을 이유는 없기에 읽지 않는 것이다). 나는 어떤 물건을 모으는 수집가들이 어째서 그 물건을 선택하게 되는지 그 이유가 가끔 궁금하다.

고서 수집가들의 성배 중 하나는 21세기에 출간된 『카페 인터내셔널』이다. 이 에세이는 지금은 사용자가 거의 사라진 한국어로 쓰였으며, 작가가 죽기 전까지 개정 증보하여 총 여섯 개의 판본을 가지고 있다. 책등은 무채색으로 판본마다 음영의 깊이를 달리하며, 신국판 변형에 무선 제본으로 제작되었고, 서체로는 을유1945가 사용되었다. 작가는 생전에 이 '여섯 개의 판본을 가진' 단 '한 권의 책'만 썼으며, 책은 판본에 따라 각각 한 권씩만 제작되었다. 이 책은 작가의 자기만족을 위한 개인 소장품이 아니었으며, 매 판본은 제작될 때미디 판매되었고 몇 차례 그 주인을 달리했다. 여러 가치 있는 수집 대상 중 특히 그 책을 언급한 까닭은 내가 고서 감정사가 되기로 한 이유와 연관이 있기 때문이다. 나는 언젠가 그 책의 실물을 보고자, 만지고자, 그리고 마침내 읽어보고자 이 직업을 택했다. 잠깐, 지금 앞에서 이해되지 않던 많은 것들이 이해되려는 참이니 생각을 끝낸 뒤 다시 이야기하겠다······.

사이버 무당

우리의 신들이 전승을 통한 믿음의 합일체라는 것은 다들
아실 테지요. 그 합일체는 문화 속에서 파편화되어 유통되며
민족의 의식 속에 녹아듭니다. 달리 본다면 사망 이전에 최후의
숨결을 인터넷으로 흘려보낸 철학처럼, 믿음 또한 의식화라는
과정을 거치는 파편적인 데이터 속에서 일정량의 정보값을
가지고 있는 것이 당연합니다. 무슨 뜻인지 아시겠지요? 신은
이미 우리의 마음속에도 있고, 전산망 속에도 계신다는 말입니다.
분산된 바이트 조각들로서요.

오늘의 스트리밍을 시도합니다. 타임라인 속으로
점괘들이 흘러갑니다. 하늘과 땅이 뒤집히고 사건과 운명이
쏟아집니다. 시청자들은 나를 중개하여 신과 통합니다.
나는 열병처럼 70시간가량 잠도 없이 딥웹을 헤매다가 앓아눕고
힘을 체득했습니다. 딥웹 속에서 천 개의 손에 달린 천 개의
눈을 보았지요. 그 눈동자 속에서 과거의 나들을 보았고, 미래의
나들을 보았으며, 현재의 나와 나의 가능성인 잔상들과
일별했습니다. 그 모든 나들이 신의 제자로 살고 죽음을
보았으니, 내가 짊어진 운명을 받아들일 수밖예요. 내가 얻은
힘은 나 개인에게 주어진 힘이 아닌 집단의 힘. 천 개의 손바닥에
달린 눈 하나인 나. 그 힘은 인간사의 길흉화복을 이어가며
민족과 세계를 가로지릅니다. 이미 오천 년이 넘는 시간 동안
발생될 가능성이 우리에게 제시되어 있지요. 우리의 미래는
모니터 위에서 점멸합니다. 나는 점멸 속에서 헤아릴 수 없을
만큼 수많은 미래의 길을 보고, 탄지경(彈指頃)간에 그 길을

다 걸어봅니다. 아아, 시청자 1의 인생이란 이다지도 슬프군요. 이 복잡한 생사의 실타래를 풀어내려면 정성이 필요하겠군요. 정성을 얼마나 들여야 하느냐고 묻지 마세요. 그 물음에서 이미 해야 되는 만큼만 하려는 얕은 마음이 제 눈에도 보이는데, 밤에도 낮에도 감기지 않는 신의 손바닥에 달린 그 눈동자를 피할 수가 있을까요. 할 수 있는 만큼을 하는 것이 정성입니다. 이미 미래를 들여다보았으니 우리에게 남은 것은 미래가 결정한 과거의 길을 따라 걷는 일뿐이군요. 다행히도 행복의 가능성은 다중우주 속에서 진동하고 있군요. 오행을 살피니 금을 가까이하면 화를 입겠어요. 이미 오래간 그래왔네요. 그 금들을 별풍선화하여 신의 일부가 되도록 만드는 것이 건강을 회복하는 유일한 처방입니다. 오늘은 우리 신께서 기뻐하시도록 백두산에 한번 올라봅시다. 다들 아시겠지만, 집단의 힘은 믿음을 통해서만 가능하니까요.

선지자(신대륙의)

계시가 내려왔음을 알렸다. 곧 배교자들이 들이닥칠 것이기에
우리의 교회를 험준한 산맥으로 옮겨야 한다는 신의 말씀이
있었다고 회장단에 전했다. 우리는 박해를 피해 산을 넘었다.
교회의 재건을 위해 한동안은 여기에서 지낼 것이다. 작금이 우리
교회의 최대 위기이지만, 난관이 있을 때마다 그랬듯이 이번에도
신께서 우리를 올바른 길로 인도해주시리라 믿는다.

첫 시현(示現)은 열네 살 때였다. 나의 아버지는 신대륙
이민자 1세대인 농부였다. 아버지가 이 땅으로 건너올 당시에는
그야말로 새로운 땅, 기회의 땅이었기에 누구나 쉽게 토지를 얻을
수 있었다. (상황에 따라 누군가는 피를 흘려야 하긴 했지만.)
아버지도 작은 땅을 얻어 평생에 걸쳐 농장을 만들고 가꾸었고,
현명하고 아름다운 내 어머니를 만나 결혼을 했고 자식들을
낳았다. 나는 사남매 중 둘째였다. 형은 글도 읽고 쓸 줄 모르는
바보였고, 여동생 중 하나는 일찍이 부유한 신사에게 시집갔으며,
막내는 병으로 일찍 죽었다.

열네 살이 되던 해, 나는 종교를 가져야 한다고 생각했다.
우리 집은 종교가 없었다. 화목한 편이었지만 질서가 없었고,
작은 농장을 겨우 유지하는 것 이상으로 발전이 없었다. 각기
다른 종파의 교회를 운영 중인 선교사들은 자신이 세운 교회만이
진정한 하나님의 교회라고 주장하며 갈등 중이었다. 어린 나의
눈에는 그 모습이 추악해 보였다. 종교는 믿어야 한다, 그러나
다닐 만한 교회가 없다! 이러한 고민을 안고 나는 평소 자주 산책
나가던 숲길로 향했다. 어제 묻은 더러움을 씻어내고 재생된

아침 공기가 폐로 흘러들었다. 나는 적요 속에서 입교 문제를 생각했다. 기적은 그 순간 일어났다. 숲의 한가운데에 있는 작은 공터에서, 나는 아버지의 모습을 한 신이 허공중에 떠 있는 것을 보았다.

나는 잠깐 기절했다. 머리가 맑아진 느낌이었다. 나는 신이 나를 당신의 사자로 선택했으며, 신을 위한 단 하나의 성전을 세워야 한다는 걸 깨달았다. 나는 집으로 돌아가 가족에게 그 사실을 알렸다. 어머니는 밖에 혼자 다니지 말라고 했고, 아버지는 나를 때렸으며 형은 무슨 소린지 이해하지 못했다. 나는 주에 두 번씩 농장을 방문해 나를 가르치던 가정교사에게도 그 사실을 알렸다. 평소 사려 깊던 그는 내 말에 귀 기울이더니 잠깐 아버지와 상담을 하고 오겠다고 말하고는 내 방을 떠났다. 잠시 후 그는 아버지와 함께 내 방으로 왔다. 아버지의 표정은 달라져 있었다.

나는 그때부터 나의 가정교사와 함께 새 땅에 걸맞은 새 복음을 전파하고 다녔다. 나의 말에 귀 기울이는 사람들은 별로 없었다. 다들 내가 정신이 나갔으며, 나의 가정교사는 정신이 나간 아이를 가지고 사기를 치려는 나쁜 사람이라고 말했다. 우리는 개의치 않았다. 진실된 말을 전하다 보면 언젠가 진심이 통하리라 생각했다. 과연 우리를 따르는 이들이 다섯 명가량 더 늘었다. 이전에 어떠한 교회에도 나간 적 없는 이들로서 각각 소작농, 카우보이, 농장주, 무두장이의 딸, 노숙업사 들이었나.

교세는 쉽사리 불지 않았다. 신대륙에서 최초로 진실된 믿음을 추구하는 여섯 성도가 머리를 맞대고 회의한 결과, 우리에게도 경전이 필요하다는 결론이 나왔다. 사람들은 혀로 만든 말을 들으면 그것에 근거가 없으며 자신을 속이려 드는 술수라고 생각하지만, 펜과 잉크로 만든 글을 말과 함께 보이면 그것을 진실로 받아들이고 믿는다는 것이었다. 하물며 그가 그 글을 한 줄도 읽지 못하더라도 말이다. 나는 갑자기 경전을

어떻게 만들 수 있겠냐고 반문했다. 고민을 안은 채 신께 기도를
드리며 잠을 청했다. 그날 밤 꿈속에 지극히 높은 제사장이
나타나 나에게 경전을 하나 주고 갔다. 금으로 된 판이었다.

다음 날 나는 꿈속에 내린 계시 이야기를 하며, 곧 지나게
될 언덕에서 금판을 얻게 될 터이니 발견하는 즉시 내게로
가져오라 말했다. 얼마 지나지 않아 우리는 언덕 하나를 넘게
되었다. 황량한 언덕에서 카우보이가 금판을 발견했고, 소작농이
그것을 옮겼다. 번쩍이는 금판 위에는 알 수 없는 문자들이
빼곡했다. 우리 중 누구도 어느 민족의 문자인지 알지 못했다.
나는 길에서 반짝이는 돌멩이 두 개를 주웠다. 그 돌멩이들을
손에 쥐자 그것들이 나의 눈이 되고 귀가 되는 듯했다. 나는
그 돌멩이들에 의지해 금판을 번역해나갔다. 나는 금판에 쓰인
문자가 고대 이집트어라는 것을 알게 됐다. 나는 초등교육을
겨우 마친 이로서 쓰고 읽는 것도 힘들어하는 사람이었다. 그런
내가 고대 언어를 번역할 수 있을 리 없는데 어느 누구도 하지
못한 일을 해내었으니, 이는 신의 은총이었다. 이후에도 나는
어려운 일이나 질문이 있을 때는 그 돌멩이들을 사용하였으며,
후일 이것 중 하나를 '빛'이라 칭하였고 하나를 '완전함'이라
칭하였다.

이 번역은 내가 글로 쓰는 것이 아니라 혀로 옮기는
것이었으되, 문자로는 나의 가정교사가 그대로 전사(轉寫)하였고
이것이 우리의 경전이 되었다. 이제 우리도 우리의 경전을 갖게
되었으니 이를 한 사람이라도 더 읽고 진실에 눈을 뜨게 해야
한다는 생각에 모두가 동의했다. 출판에 필요한 자금을 농장주가
대었다. 농장을 저당 잡혀 마련한 돈으로 우리는 새 경전을 오천
부 인쇄했고 힘닿는 데까지 보급했다. 금전적 이익은 없었으므로
농장주는 그의 농장을 잃고 말았지만 개의치 않았으니 보기 드문
참된 신사였다.

경전은 힘이 있었다. 해가 갈수록 성도들이 늘었다.
이제 우리의 이름은 주 내에서라면 대부분 알고 있을 정도였고,

집회 때마다 찾는 신자들도 늘었다. 집회를 찾는 굶주린 이들에게 섬김의 손길을 전하는 일은 도축업자의 몫이었다. 그는 카우보이와 함께 종종 야생의 들소 떼를 찾아내곤 했다.

우리를 근거 없이 이단이라 규정하고 배척하는 교회들이 늘어났다. 그 교회가 절대적인 권력을 행사하는 마을에서는 물 한 잔도 마시기 어려울 정도였다. 우리는 박해를 피해 여러 마을을 떠돌아다녔다. 변변한 집회 장소조차 구할 수 없어 황무지에 천막 하나를 치고 예배를 드릴 때도 많았다. 우리의 집을 가져야 한다는 목소리가 높아졌다. 지금이야말로 성전을 지어야 할 때라고 생각했다. 성전 건축을 위한 특별 헌금을 거두기 시작했다.

두 번째 시현. 한밤, 마을의 성도가 내어준 방에서 자다 눈떴다. 창문은 열려 있었고 커튼이 여린 바람에 나부끼고 있었다. 몸을 일으키니 탁자 앞에 앉아 있는 신이 보였다. 기절하지 않고 물었다. "어떤 말씀을 전하시고자 이 낮은 곳으로 내려오셨습니까?" 아버지는 웃기만 하시고 말씀이 없으셨다. 그대로 날이 밝았다. 나는 성도들을 불러 모아 우리가 가야 할 곳이 정해졌음을 알렸다. 우리는 인간과 짐승에게서 버려진 늪지를 찾았다. 그 땅에 괴어 있던 물을 퍼내어 다른 곳으로 흐르도록 하였으며, 그곳에 있는 썩은 집을 허물고 새 집을 지었다. 성도들이 기거할 가옥들과 예배 올릴 교회가 완성되었고 나는 그곳을 신에게 봉헌하는 도시로 선포했다. 나는 시장으로 추대되었고, 교회의 처음부터 함께했던 여섯 명의 성도는 교회 내 여섯 모임의 회장이 되어 회장단을 꾸렸다. 신의 뜻을 찾는 이들이 도시로 조금씩 모여들었고 도시는 나날이 활기를 더했다. 이 무렵 오랜 시간 함께해온 무두장이의 딸과 정식으로 결혼식을 올렸다. 나의 첫 번째 부인이었다.

오랫동안 교회의 수장인 동시에 도시의 시장으로서, 또 한 가족의 가장으로서 바쁜 나날을 보냈다. 몸이 서른 개라도 감당하지 못할 정도였다. 나는 서른 명의 여성과 혼인하였는데,

우리 교회에 있어 일부다처제는 중요한 교리 중 하나였다. 처음 지상에서 살아가게 된 신의 자손들이 수많은 씨를 뿌려 가문을 이루고 신의 말씀을 세상에 널리 전하였던 것처럼, 우리 교회 또한 대가족을 이루어 신대륙에 우리의 믿음이 골골샅샅 퍼지도록 해야 했다.

나는 혼인에 있어 사람을 차별하지 않았다. 서른이 넘은 여자이든 갓 아홉 살 된 여자이든, 처녀이든 유부녀이든 개의치 않았다. 신의 은총을 전하는 일에 차별이 있어서야 되겠는가? 소작농의 아내에게 혼인을 명한 일도 마찬가지였다. 그의 아내가 믿음이 빛났기에 나의 선택을 받은 것이었다. 이 소식을 듣자마자 소작농은 나를 찾아와 어떻게 이럴 수 있냐고 화를 냈다. 나는 오히려 왜 화를 내느냐고 물었다. 그는 "나의 아내는 당신의 소유물이 아니오. 우리는 이 교회에서 나가겠소!"라고 말하며 내 방을 나갔다.

소작농이 교회를 떠나고 며칠 뒤, 도시의 여러 소식을 담아 발행하는 주간지에 나를 비난하는 사설이 게재되었다. 소작농이 기고한 글이었다. 나는 화를 내기보다는 그의 부족한 신앙심에 안타까운 마음을 표하며, 경찰서장에게 신문사를 폭파시키라고 지시했다. 신문사는 폭파되었다. 신문사 편집장은 주립 법원에 나를 고소했다. 나는 시립 법원에 지시를 내려 그 고소를 무마시켰다. 그러나 주립 법원에서 고소장이 날아왔다. 일평생 신을 위해 일하느라 행정 절차에 관해서 공부할 시간이 없었던 게 문제였다. 그날 밤 나는 천사들로부터 '배교자들이 안팎에서 너를 시험에 들게 할 것이니 험준한 산맥으로 잠시 교회를 옮기라'고 전하는 계시를 받은 것이었다.

나는 가정교사와 함께 산맥으로 피신했다. 남아 있는 신도들이 법적 문제를 해결할 때까지 교리 연구에 힘쓸 생각이었다. 그러나 며칠 뒤 나의 피난지를 유일하게 알려준 첫 번째 아내로부터 전갈이 왔다. 성도들이 비탄에 잠겨 있으니 그만 돌아오라는 내용이었다. 나는 난관이 있을 때마다 한 손에 쥐었던 빛과 완전함에 의지해 답을 구했다. 완전한 칠흑. 나는 아내의 말을 따랐다.

과연, 상황은 예상보다 좋지 않았다. 도시 여기저기에 팻말을 든 배교자 무리들이 돌아다녔기에 나는 도시로 들어올 때도 변장을 해야만 했다. 결국 나와 가정교사는 구속되어 감옥에 들어왔다. 신임 경찰서장은 안전을 위해서라고 양해를 구했다. 천사들의 가호를 기원하며, 카우보이가 감옥 안으로 포도주와 윈체스터 장총을 넣어줬다. 나는 총을 쓸 일이 어딨겠냐며 웃었지만, 만약을 위해 내가 없을 경우 교회를 어떻게 지속시켜야 하는지 카우보이에게 일러주었다. 굳은 결의에 찬 표정으로 형무소 밖으로 걸어나가는 카우보이의 뒷모습이 꿈에서 본 것처럼 생생했다.

바깥이 시끄럽다. 무슨 일인가? 가정교사는 배교자들이 들이닥친 것 같다고 말했다. 우리는 한 잔 남은 포도주를 나눠 마시고 기도문을 외웠다. 야만의 소리가 가까워지고 있다. 나는 장총을 제대로 들어 올린다. 곧 이것이 천사의 나팔처럼 울리리라!

사서

네, 제가 사서입니다. 바쁘니까 빨리 끝내죠. 도서관에서
일한다니 좋겠다고요? 도서관은 참 멋진 공간 아니냐고요?
안 그래도 프랑스의 한 시인*은 이렇게 말했죠. "나는
도서관으로 향한다. 그곳은 세상에서 가장 아름다운 곳!"이라고.
뭐가 아름답습니까. 노후화된 건물과 시설이요? 독서실을 놔두고
도서관 열람실에 죽치고 앉아 고시 공부를 하는 사람들이요?
(왜 한국인들은 도서관에서 공부하고, 서점에서 책 읽고,
독서실에서 잠을 잘까요?) 훼손된 채로 반납되는 책들이요?
문학적 소양이라고는 도무지 찾을 수 없는 동료들이요?
온갖 수준 낮은 강좌들이요? 아니면 '도서관 다람쥐'**들이
숨겨놓은 책을 찾느라 진땀을 빼고 있는 제가 말입니까?
　　　제가 멜빌 듀이였다면 200번 종교 카테고리를
'쓰레기'라는 이름의 섹션으로 만들었을 겁니다. 쓰레기 섹션이
생긴다면 원래 있던 종교 책들의 일부는 철학, 문학으로
분류하고, 남은 것들은 쓰레기 섹션에 그대로 둔 채 다른 섹션에
속한 책들을 면밀히 검토해 쓰레기 섹션으로 재분류할 겁니다.
아주 역사적인 작업이 되겠지요. 도서관 옆에는 쓰레기 섹션에
속한 책들을 24시간 불태우는 소각로를 만든 뒤, 대충 '나히테
파르스(Nahid-e Pars)'***라는 이름을 붙이고요. 그건 분명
아름다운 일일 겁니다.

* 쥘 라포르그.
** 도서관에 있는 어떤 책을 본인만 보려고 남들이 찾지 못하는 곳에 숨겨두는 이기적인
　　쓰레기들을 가리키는 은어.
*** 아르다칸 근처에 있던 조로아스터교의 신전. 조로아스터교의 꺼지지 않는 불은
　　1173년 이곳에 옮겨진 뒤 다시 야즈드로 옮겨지기 전까지 300년간 보존되었다고 한다.
　　(위키피디아)

비밀 관리자

방금 고객 한 분이 엉덩이를 털고 밀실 밖으로 나갔다. 대단히
육중한 엉덩이였다. 그는 무려 두 시간 분량의 비밀을 털어놓고
나갔다. 얽히고설킨 그의 여자관계에 대한 비밀들이었다. 길이로
보나 내용으로 보나 1급에 해당하는 개인 비밀이다. 이 비밀에
대한 보안은 굳게 유지될 것이다. 우리는 고객을 실망시키는 법이
없으니까.

어떤 비밀들은 지키기 어렵다. 아니, 비밀이란 원래
지키기 어려운 것이다. 자신이 비밀의 형성에 기여한 1차
공모자이든, 아니면 타인을 통해 비밀을 공유하게 된 2차
공모자이든("비밀은 2차 전파 이후에는 약 99%의 확률로
비밀로서의 효력을 잃는다"라는 세계밀어관리국 통계에
따라 3차 공모자라는 개념은 받아들여지지 않는다.) 비밀 관리
능력을 훈련하지 않은 일반인들에게는 그만한 언어의 압력을
감당할 만한 차폐력이 존재하지 않기 때문이다. 반드시 지켜야 할
비밀이 생김으로써 받게 되는 언어의 압력에 대한 스트레스를
덜어내기 위해 그들은 비밀 관리 사무소를 찾는다.

우리 비밀 관리 사무소 직원들은 고객의 말을 성심껏
들어주고, 무의식이라는 토양 아래에서 저 스스로 의미의
잔뿌리를 뻗어나가는 언어적 특성상 발생되는, 고객 자신도 미처
몰랐던 비밀 속의 비밀을 놓치는 법이 없도록 진술되는 비밀에
대해 세심하게 반문하며 비밀의 투명함을 교차 검증한다.
불법 유출의 위험이 존재하는 비디오, 오디오, '대나무숲' 등의
기록 장치는 일절 사용하지 않으며, 입사 시 3개월간의 교육

과정에서 익히는 초월 기억법을 통해 그 내용을 뇌에 반영구
보존한다(초월 기억법은 뇌 사용에 관한 고도의 효율을 기대하고
만들어진 프로그램이므로 사원 선발 과정에서 가장 중요한 것은
프로그램 수행 능력에 관계된 신체 능력이다. 특히나 입술의
무게는 최소한 21그램 이상이 되어야 한다. 때문에 채용을 위해
입술 속에 이물질을 삽입하다 적발되는 경우도 있다). 고객 관리
차원에서 그들이 다시금 비밀을 털어놓고 싶어 견디기 어려울 땐
같은 내용을 재차 들어주고, 기억 훈련이 되지 않은 고객들의
진술에 혹여나 오류가 있을 때는 이를 정정해주는 사후 관리도
제공하고 있다(이를 비밀 강화 서비스라고 한다).

비록 훈련받았다고는 하나 비밀 관리 사무소 직원들도
한낱 인간이기에 비밀의 압력을 견뎌내는 데 상당한 노력을
필요로 한다. 일반적으로 직원들은 비밀 입력 후, 그 압력을
견디기 위해 스스로를 독방에 가둔다. 그 독방은 목소리가 벽을
통해 수차례 반사되도록 설계되어 있다. 직원은 그곳에서
입력받은 비밀을 더 이상 육성으로 말하거나 듣기 싫어질 때까지
중얼거리다 나온다. 때때로 비밀 유지에 탁월한 성분이 있는
것으로 확인된 레몬 추출물을 합성한 크림을 입술에 바르는
경우도 있다.

계약서상 명시된 비밀의 보존 기간은 특별한 언급이 없을
경우 계약자(갑)의 사망일까지이다. 때문에 갑이 사망한 후
세상에 알려진 비밀들 중 몇몇은 큰 파문을 일으킨 사례도 있다.
주로 기밀문서에도 기록되지 않았던 군의 기밀 작전, 유명 인사의
성 추문, 갑의 사후에 발생하는 예언들(생전에 공식적으로 말한
바 없는 대예언가들의 예언이 알려지는 대부분의 경우가 이를
통해서다), 연쇄살인 사건의 '진짜' 배후와 원인, 종교 지도자의
본체가 보존된 은신처, 사라진 보물들이 파묻혀 있는 장소,
베이퍼웨어(vaporware)인 줄 알았던 소프트웨어의 실존에 관한
진실, 500년 이상 이어진 맛집의 육수 레시피 등이 이에
해당한다.

만약 갑의 사후에도 비밀이 지켜지길 원하는 경우 계약
사항에 특수 조항을 추가해야 한다. 대개는 '내가 죽고 나면 무슨
상관인가'라는 생각 때문에 가성비에 관한 딜레마가 따른다.
또한 이는 '죽음으로도 해소되지 않는 영원한 비밀'을 견딜 수
있는 직원을 필요로 한다. 오직 고도로 훈련된 엘리트만이 가능한
일로서, 업계에서는 이들을 침묵의 수호자라 부른다.

계약 기간 중 계약자의 잘못에 의한 사건 사고로 비밀이
누설되거나 갑이 비밀 유지를 포기하거나 비밀 자체가
무의미해져 더 이상 비밀이 아니게 되었을 경우 갑과 을 중
한쪽이 계약 해지를 요청할 수 있다. 2급 이상의 비밀이었던 경우
묶여 있던 언령(言靈)을 해방시키며 위로하는 위령제를 지내기도
한다.

항상 뇌 속에서 온갖 비밀들이 들끓고 있기에 직원들은
일평생 스트레스에 시달린다. 스트레스 관리를 위해 충분한
급여와 최대한의 복지가 제공되지만 결국 미쳐버려 폐인이
되거나 사직서를 제출하는 직원들도 있다. 이러한 직원들은
내규에 따라 비밀스러운 방식으로 처리된다. 나는 갑으로서
이상의 비밀을 당신이 보관하도록 요구한다.

바리스타

안녕하세요 고객님. 저는 에밀리입니다.

네? 얼마 전까지는 제인이 아니었냐고요? 네, 그랬죠. 카페 매니저와 상담 후에 바꿨어요. 제인은 너무 올드하고 무뚝뚝한 느낌인 것 같다는 말을 들어서 좀 더 사랑스러운 느낌의 에밀리가 되었습니다. 물론 이것은 강요나 압박 때문이 아니라 스스로 내린 결정이에요.

일하기 전에 탈의실에서, 혹은 일하다 잠깐 짬이 나서 한숨 돌릴 때, 저는 배지로 가득 찬* 저의 앞치마를 두 손으로 잡고 펼쳐봅니다. 아기자기한 배지로 빼곡하지요. 우리 카페는 직원이 손님들에게 자신의 개성을 어필할 수 있는 배지를 약 일곱여 종 정도 앞치마에 부착할 것을 권장하고 있습니다. 네, 강요는 아니에요. 강요는 아니지만 카페의 얼굴인 바리스타로서 손님들에게 개성적인 인상을 심어주면 좋을 듯하여 아끼던 배지 중에 일곱 개를 골라 달았어요. 새를 좋아해서 새 모양— 흰머리오목눈이, 뱁새, 퍼핀, 오리, 홍학 등—의 금속 배지를 몇 개 달았고요, 좋아하는 아이돌의 배지도 달았습니다.

네? 일곱 개를 골라 달았다더니 왜 앞치마에 달린 배지가 서른일곱 개나 되냐는 말씀이시죠? 카페 매니저와 상담 후에 추가했어요. 매니저가 그러더군요. **왜 배지를 일곱 개만 달았냐고요.** 손님들에게 자신의 개성을 어필할 수 있는 배지를 **약 일곱여 종 정도 앞치마에 부착**하는 것이 규정상 권장 사항 아니냐고 말씀드렸더니, 그건 말 그대로 **권장 사항일 뿐**이라고 하더라고요. **스스로를 표현하고 싶지 않으세요?** 돌아보니 조이, 리나, 헤일리 모두 앞치마에 배지를 수십 개씩 달고 있는 것 아니겠어요? 그제서야 저는 **현실**을 깨닫고 퇴근한 뒤 곧장 후원 사이트에 접속했답니다. 여러 곳에 후원하고 배지 받으려고요.

　　제가 근무하는 시간은 점심 무렵부터 저녁 전까지입니다. 주변에 회사들이 많은 곳이라 점심에는 몰아치는 폭풍을 맞은 듯 정신없다가, 폭풍이 지나가면 급격히 한산해지며 고요를 되찾습니다. 서너 시쯤이면 여느 여유로운 분위기의 카페로 돌아가죠. 하지만 저 개인적으로는 상당히 피곤한 때이기도 합니다. 왜냐면, 저기 구석에 앉아 언제나 제 쪽을 바라보고 앉아 있는 중년의 넥타이맨 때문이지요. **결코 알고 싶지 않았지만** 그가 제게 말해줘서 알게 된 바로, 그는 백수가 된 기러기 아빠였어요. 아내와 아이는 몇 년간 국외 생활 중이고, 자신은 그사이 다니던 회사에서 해고됐는데 차마 밝힐 수는 없었대요. 집에 혼자 있는 게 외롭고 힘들어 남들처럼 출근하는 척하며 이 카페에 오게 됐고, **덕분에 저를 만나게** 되었다고 말하더군요. 그러고는 저 때문에 계속 이 카페만 찾게 된다며, **정말 좋은 사람 같아 보여서 그런데 연락처를 알 수 있을까요?** 라고 묻는 거 있죠. 당연히 알려주지 않았죠. 엄청 난감했고, 화도 좀 많이 나고 그래서 울 뻔했는데 마스카라 번지는 거 엄청 싫으니까 참았고요. 그냥 어그러진 미소를 지으며 **죄송합니다 고객님** 했어요. 그러니까 **이해한다**라고 말하며 **그래도 카페에는 계속 와도 되는 거냐**고 묻는 거 있죠? 아니, 그런 걸 왜 물어요? 자기가 언제 나랑 만났다가 헤어지기라도 했나? 저 같은 말단 직원이 솔직히 안 왔으면 좋겠네요, 라고 말할 수는 없는 노릇이잖아요? **혼자 머릿속으로 이상한 중년 로맨스나 찍고 한심하네요!** 마음속으로만 백만 번 외쳐주고, 셀카 찍으며 화 풀었어요. 필터 한 방 먹이고 증강된 내 얼굴을 보면 마음도 더 단단해지는 기분.

이 카페에서 6개월 일하는 동안 각각 다른 남자 손님들로부터 열다섯 번이나 고백받았어요. 정말로 저를 좋아해서 그런 건지, **고백해서 혼내주자**** 는 의도였는지는 알 수 없지만(저는 딱히 손님들에게 쌀쌀맞게 굴지도 않았다고요), 정말 그런 일 있을 때마다 피곤해요. **개새끼들!**

저는 그저 '취준생' 신분으로서 생활고 때문에 카페에서 일하는 게 아니에요. 저는 커피를 사랑하고, 커피가 필요해요. 검은 그것은 영혼의 연료예요. 언젠가부터 하루 한 잔이라도 들이붓지 않으면 생활이 어렵고, 돈과 인간에 시달려 지쳤을 때 시럽 듬뿍 넣은 커피를 한 잔 마시면 그래도 조금 살 만한 기분이 들어요. 그래도 다음에는 절대로 카페에서 일하진 않을래요. 물론 내 카페를 차리지도 않을 거고요. 영혼의 연료를 파느라 제 영혼이 점점 **빠져나가고** 있어요. 계속 이러다간 더는 인간이 아니게 될지도 모른다구요.

그리고 여기, 주문하신 **차가운 아이스 아메리카노** 나왔습니다. 네? 따뜻한 아이스 아메리카노를 시켰는데 왜 차가운 아이스 아메리카노가 나왔냐고요? **야, 이 개새끼야.**

* 마크 피셔, 『자본주의 리얼리즘』, 리시울, 2018. 72쪽을 참조함.
** 김태훈, "왜 알바에게 고백해서 혼내주려 하나요ㅠㅠ", 경향신문, 2019년 5월 11일, http://news.khan.co.kr/kh_news/khan_art_view.html?artid=201905111235011&code= 940100

저격수

함박눈이 쏟아지고 있었어. 임무를 수행하기에는 최적의
조건이었지. 사흘간 계속된 포복의 끝이 보였어. 저 언덕만
올라가면. 이제 이 정신 나간 임무를 끝낼 때가 온 거야.
    적진에 단독으로 잠입해 지휘관을 암살하고 오라니. 말도
안 됐지. 자살하라는 말과 다르지 않았지. 아무도 나서겠다고
하지 않았지. 누군가는 나서야 했지. 누군가는 죽어야 했지. 내가
나섰어. 내가 죽겠다고. 내가 최고니까.

    언덕에 오르니 전망이 보인다.
    적군 막사가 보이고, 경계병들 여럿. 지휘관을 찾아야
했지. 보안 때문에 복장으로는 구분이 어렵지. 움직임으로
구분해야지. 모두가 자기 계급에 걸맞은 행동들을 하니까. 삽을
들지 않는 사람, 장총을 들지 않는 사람, 차렷 자세를 하지
않는 사람, 쪼그려 앉지 않는 사람, 뒷짐을 지는 사람, 손을
이리저리 휘젓는 사람, 절대로 혼자 다니지 않는 사람.
    그래, 너구나 너. 바로 너. 나는 눈에 몸을 깊숙이 파묻은
채 엎드려쏴 자세를 취하고 있었지. 조준선과 너의 동선을
일치시키기 위해서 호흡을 길게 중단해. 나는 호흡을 멈출 때마다
다른 세계로 들어가는 기분에 사로잡혀. 정확히는 산소 부족으로
인해 짙어지는 어지러움 때문에 세상으로부터 점점 유리되는
느낌이 드는 것일 테지. 그런 감각 상태로 드는 목적이 결국 이
세상에서 한 생명을 완전히 소거시키기 위해서라는 점이
아이러니요, 비극이야.

나도 모르게 가슴속으로 주기도문을 읊었어.

진짜 주기도문은 아니야. 나는 나태한 신사였으니까. 교리 시간마다 배워도 다음 주면 다 까먹어서 교리 교사가 무진장 애를 먹었지. 그래서 한 번도 제대로 발음해서 기도를 드려본 적이 없어. 남들이 목소리 높여 기도를 드리면 옆에서 웅얼웅얼 소리나 낼 뿐이었지. 그렇기에 내 가슴속에서 흐르는 이 주기도문은 나의 무의식이 창조해낸 주기도문이라고 볼 수 있겠지.

하늘에 계신 우리 아버지(여기까지는 기억이 나), 거룩한 그 이름으로 아버지의 나라를 만드십시오. 저는 아버지의 군대입니다. 오늘 저에게 용기를 주시고, 저의 탄환이 악마 같은 이방인들을 처단하게 하시고, 그들이 흘리는 피가 번지고 번져 아버지 나라의 영토를 넓히도록 하소서. 저는 아버지의 가장 강력한 무기이옵나이다. 아멘.

눈이 참 많이도 내렸어. 마치 세상에 얼룩진 피를 지우기 위해 그토록이나 펄펄 내리는 것 같았지. 흰 눈이 빨갛게 물들 때까지 피를 흘리고, 빨간 눈이 다시 하얗게 될 때까지 눈이 내리고…… 지금 이 순간은 마치 인간사와 자연의 영원한 대립을 정적 속에 가둬둔 것만 같지 않니? 그 정적에 나는 지금 구멍을 내려고 해. 지금 나는 일개 지휘관 따위의 목숨이나 앗으려는 게 아니야. 이건 인간과 세계의 대결이나 마찬가지야. 알겠어?

모든 것이 결정적인 상태에 놓였다고 몸이 직감하는 순간, 방아쇠를 당겼어.

이제 2초 후면 그는 쓰러지겠지……

라고 생각했는데.

방아쇠를 당기는 그 찰나에, 너무나 아름다운 결정체 하나가 눈동자를 가득 채우는 거야.

단 하나의 눈송이가 결정적으로 스코프 앞에 붙은 거야.

너무도 탄지경의 순간이라 시야를 잃은 채 방아쇠를
당기고 말았지.

멍한 기분으로 그 눈송이를 쳐다봤어. 아주 오래 쳐다본
기분이 들었지만, 아마 그마저도 찰나였겠지.

살면서 눈의 결정체라는 걸 이렇게나 자세히 본 적이
있었던가?

없었던 것 같아. 앞으로도 없겠지.

그 결정체를 보며 느껴졌어. 뭔가…… '진짜' 다른 세계로
진입하는 느낌.

그 느낌 알겠어?

나는 이제 죽었다는 느낌.

기병

　　　너는 누구니?

몰라요.

나는 아빠처럼 기병이 되고 싶어요.

　　　왜?

몰라요.

　　　어디서 왔니?

몰라요.

나는 아빠처럼 기병이 되고 싶어요.

　　　아빠가 누구니?

몰라요.

　　　엄마가 누구니?

몰라요.

말!

　　　아빠의 계급을 아니?

몰라요.

　　　네 엄마가 너를 목매달아 죽이려던 걸 아니?

몰라요.

나는 아빠처럼 기병이 되고 싶어요.

　　　말을 본 적이 있니?

말!

　　　달리는 말을 본 적이 있어?

말! 말!

　　　기병이 되면 뭘 하고 싶니?

몰라요.

나는 아빠처럼 기병이 되고 싶어요.

너에게 언어를 주입한 사람의 얼굴을 기억하니?

말!

뉘른베르크를 떠나지 못하고 죽게 될 너의 운명을 알고
있니?

몰라요.

네가 떠나온 곳이 어딘지 알고 있니?

몰라요.

변경의 이름 없는 땅에서부터

말!

짚으로 된 침대와

빵!

나무로 조각된 두 마리의

말!

그리고
한 마리의

개.

어둠 속에서 일어서는 법을 배우고
걷는 법을 배우고
말하는 법을 배우게 될 거라는 걸 너는 알았니?

몰라요.

그리고 네가 죽게 되리리는 것도?

몰라요.

너 자신의 손으로?
그리고 모든 이들이 그러하듯이?

말!

기이한 누군가가 기이하게 죽인 기이한 누군가가
여기에 눕게 되리라는 것을 아니?

몰라요.

너는 무한을 꿈꾸니?

말!

쉬지 않고 달리는 말을 타고서
자신이 떠나온 곳도 갈 곳도 모르는 채
거울을 향해 돌진하는
미친 기병을 아니?

몰라요.

나는 아빠처럼 기병이 되고 싶어요.

포크 가수

당신의 손에 들린 도구에 대해 들려주세요.
당신의 육체 피로에 대해 들려주세요.
그러면 나는 내가 아닌 당신의 이야기를 소리 나게 만들 겁니다.
당신이 휴일마다 되풀이해 보면서도 매번 처음인 양 좋아하는
자연 풍경들도 잔마디와 잔마디 사이로 스밀 겁니다. 그러나
그 풍경들이 인간을 대신하지는 않도록 할 거예요. 조물주의
자연은 노동을 하지 않으니까요. 세계는 노동으로 만들어진
　　　것입니다.
그러나 나는 새의 근육에 대해서만 노래하진 않을 겁니다.
나는 당신의 날개가 쉴 그늘에 대해서도
그늘 속에서 울려 퍼질 지저귐에 대해서도 노래할 겁니다.
서로의 깃에 부리를 파묻는 순간에 대해서도
그리고 당신에게 깃털 하나만 남기고 떠날 이에 대해서도
당신의 보금자리에 대해서도 노래할 겁니다.
만약 당신이 그러한 종류의 새가 아니라면
낙엽이 되는 당신에 대해서도 노래할 겁니다.
당신이 원하든 원하지 않든
당신은 어떤 것도 될 수 있으니까요.
당신은 모든 것이니까요.
그러나 당신도 어쩔 수 없는 인간이니까
무엇보다도 인간에 대해서 노래할 겁니다.
당연히도 조상에 대해 노래할 겁니다.
조상의 사랑에 대해

조상의 시장에 대해
조상의 산과 조상의 숲과 조상의 바다와 조상의 노동에 대해
조상의 증기기관에 대해 노래하고
조상이 만든 노래를 노래할 겁니다.
가능해지지 못한 조상의 미래에 대해 노래하다 보면
인간사가 짧기도 하겠지요.
나는 H빔 위의 당신에 대해서도
용광로 앞의 당신에 대해서도
전화기 앞의 당신에 대해서도
방 안에 있는 당신에 대해서도
거의 당신 같은 당신의 사물들에 대해서조차 노래하겠지만
그러나 그런 생각은 관두세요.
나는 전쟁에 대해서는 노래 않을 겁니다.
군악은 장르를 넘어선 문제입니다.
나는 앰프와 토마토의 시대 이후로 점점 늙고 약해지겠지만
아마 죽지는 않을 겁니다.
노동이 사랑이 있는 곳에는
저도 있어야 하니까요.
아마도 합창이라는 것으로서 말입니다.

사랑학자

지난밤 나랑 잔 남자는 오늘 아침 내게 그만 만나자고 말했다.
이유를 물었더니, 나를 더는 사랑하지 않는 것 같다고 했다.
　"것 같아?"
　그가 대답했다.
　"응, 그런 것 같아."
"확실하진 않고?"
"글쎄, 아마도 확실한 것 같아."
"네가 사랑에 대해 뭘 안다고 사랑의 확실성을 논해?"
　나는 그의 면전에 쏘아붙였다.
　나도 안다. 존나 진부했다는 거. 그렇지만 사랑학자도
아닌 그가 사랑에 대해 뭘 알겠어? 사랑학자인 나도 아직까지
그것에 관해 알아가는 중인데.

　사랑은 무엇인가?
　이러한 질문은 구조적으로 볼 때 온갖 비유와 사례 들을
통할 수 있는 것처럼 판단되는바, 결국에 사랑은 거의 모든 것이
되고야 말 것이다. 하지만 나는 사랑의 영역을 좁혀보고 싶다.
나를 비롯한 누군가는 그 좁은 문을 통해 시시각각 변화하는
가운데에도 일관되게 포착되는 사랑의 성질을 파악할 수도 있을
것이다. 때문에 나는 이렇게 고쳐 물을 수밖에 없다.
　무엇이 사랑인가?
　나는 이 질문을 통해 발생되는 공란을 좀 더 깐깐하게
다루기를 원한다. 무엇이 사랑인지를 논할 때, 거기에 비유는

가능한 한 배제될 것이다. 더는 사랑을 이해할 수 없는, 시(詩)와 신비의 영역으로 남겨두기를 거절하고 진지한 학문의 대상으로 바라보는 것, 즉 사랑의 학문을 탐구하는 것이 나의 업이다.

앞서 사랑을 생물학의 한 부분으로 이해한 어느 과학자는 우리가 뭉뚱그려 '사랑'이라고 부르는 것을 좀 더 세심하게 관찰했다. 그리고 사랑에 따라 인간 신체에 분비되는 물질을 파악하여 한 덩어리였던 사랑을 몇 개의 조각으로 쪼갰다. 단순히 누군가와 자고 싶다는 욕정이 일 때 우리의 몸에는 테스토스테론이 분비된다. 그와 좀 더 복잡한 관계로 얽혀들 때, 우리는 주로 도파민과 코르티솔의 영향을 받는다. 우리는 도파민을 통해 행복감을 얻는 동시에 그 행복한 관계를 유지하기 위해 역설적으로 거대한 스트레스를 견뎌낸다. 연애 초기의 두근거리며 긴장되는 한때를 지나, 안정을 추구하며 서로를 의지하는 애착 단계로 접어들면 옥시토신과 바소프레신의 영향을 받기 시작했다는 뜻이다. 이 과학자에게 있어 이러한 모든 생물학적 결론들이 가리키는 것은 무엇일까? 사랑은 종족 번식을 성공적으로 수행해내기 위한 진화의 결과라는 점이다. 그에게 사랑이란 적당한 상대를 만나 임신을 하고, 아이가 성인으로 자라나기까지 안정된 관계를 최대한 유지하기 위한 생물학적 단계들에 불과한 것이다. 그러므로 그에게 사랑이란 환상에 불과하다.

한편 어느 사회학자는 사랑을 사회가 만들어낸 발명물로 생각했다. 이에 따르면 사랑은 각 나라와 민족마다, 사회의 환경과 가족의 형태 등에 따라 서로 다른 이미지로 떠오른다.

일례로 그는 빅토리아 시대에 조형된 사랑 이미지를 보여준다. 산업혁명을 통해 일부일처제 및 가부장제가 가족의 보편 모델로 탄생하며 로맨틱한 사랑이 결혼의 전제 조건으로 자리잡는다. 여왕이 순백의 드레스를 세계 최초로 입는다. 이는

곧 세계적인 결합의 기호가 된다. 일생 단 한 명의 상대에게
귀속되는 사랑! 사랑의 개인 자산화는 로맨스라는 웨딩드레스를
입고 전파된다. 이때의 사랑이라는 개념은 생물학적 관점으로
해체된 사랑과는 다르게, 다시 오늘날까지도 익숙한 하나의
굳은(단단한, 그러나 깨지면 복원 불가능한) 덩어리로
여겨지는데, 이는 성욕과는 어느 정도 거리가 있는 개념이다.
정숙할 것, 그리고 남성에게 깊은 존경심을 가지고 찬탄하며
그를 바라볼 것.

그러나 이어져온 관습과 새롭게 등장한 제도 속에서 뭇
중산층 여성들은 고통받는다. 내면의 열병에 이끌려 계급 이탈을
시도하는 이들도 있었지만, 많은 여성은 상류사회의 일원으로
남기 위해 육체적 결합 없는 정신적 향수병으로서의 사랑을
개발한다. 그 누구보다도 사랑 문제에 예민한 작가들이 펜을 들고
사랑의 열병을 다스려줄 환상의 대체재들을 지속해서 공급한다.
단 하나의 사랑에 대한 환상을 수많은 완벽한 남성들(현실에는
존재하지 않는, 있다고 해도 자신의 것은 아닌)로 유지시킨다.
그런 점에서 유일한 사랑의 열렬한 지지자들은 한편으로 얼마나
지독한 폴리아모리였던가?

나는 생물학적 관점으로 살피는 사랑과 사회학적
관점으로 살피는 사랑 모두에 흥미를 느낀다. 사랑은 인간의
동물적 본능에서 출발하여 당대 사회가 원하는 형태에 따라
(앞서도 잠깐 언급한바, 사랑이라는 개념은 결혼이라는
생산 제도를 위해 동원되었다.) 그 모습을 변화해왔다. 오늘날
보편적인 사랑의 이미지에 금이 가고 흔들리기 시작했다면,
그것은 아마도 가부장제 가족이 제대로 작동하고 있지 않기
때문일 것이다. 그 가족 모델이 더는 국가에 그만큼 중요하지
않은 것이거나, 아니면 여전히 중요하고 필요함에도 오랜 시간
망가져온 이것을 어디서 어떻게 고쳐야 할지 감을 못 잡고
있는 것이거나 하겠지.

이 금 간 사랑의 이미지는 그간 봉인되어 있던 상자 같다. 여기에서 새로운 사랑의 이미지가 쏟아져 나오려 하는 중이다. 그것은 우리를 살게 만드는 거대한 힘이거나, 아니면 우리를 죽이려는 질병이리라. "사랑은 순전히 광기일 뿐이죠. 그래서 정말이지 미치광이들과 마찬가지로 어두운 방과 채찍이 제격이지요." 셰익스피어는 사랑에 관해 등장인물의 입을 빌려 이렇게 적었다. (두근거리는데!) 아, 그 말 그대로다. 내게도 어두운 방과 채찍이 필요하다. 거기 처박혀서 개처럼 채찍을 맞으며 생각하고 싶다. 무릎을 꿇고 혀 내밀어 구걸하고 싶다. 사랑을 달라고. 제발 내 사랑을 돌려달라고.

그래, 씨발 사랑이 도대체 뭐라는 거야. 죽고 싶다. 사랑도 모르면서 사랑의 확실성을 논하는 그를 죽이고 싶다. 사실은 그 정도까지는 아니다. 아니, 그 정도까지인지도 모른다. 나는 아무 바에나 들어간다. 끈적한 분위기가 술기운과 함께 흐르는 곳이다. 나는 오늘 밤 아무나 만날 수 있다. 아주 낮은 확률로 오늘 밤 만난 아무나와 사랑에 빠질 수도 있다. 하지만 나는 얌전히 혼자 술 마신다. 누가 옆에 앉지만 눈길도 주지 않는다. 나는 술을 들이켜며 애인에게 전화한다. 그에게 지난밤 헤어진 남자에 관한 욕을 하진 않는다. 애인과 통화하면서 나는 알 수 없는 소리를 늘어놓는다. 그게 알 수 없는 소리라는 것을 너무나도 정확하게 인지하면서. 애인은 내가 술에 취했다고 생각하고 염려한다. 어디냐고 묻는 애인의 목소리를 들으며, 나는 지난밤 헤어진 남자가 더럽게 내 발가락을 빨고 있는 상상을 한다. 내 머릿속에서 일어나는 것들을 꺼내놓는다면 사람들은 나를 말로써 죽이려 들겠지. 물론 그깟 걸로 죽지 않겠지만. 그런 것들은 나를 죽이지 못한다. 무언가로 나를 죽일 수 있다면 그건 흉기이거나 사랑이다. 젠장, 내일의 나는 이따위 생각 하며 지질하게 울고 있는 오늘의 나를 죽여버리고 싶을 거야.

커튼을 걷으니 호텔 룸으로 빛이 쏟아진다. 막대한 광량. 너무 눈부셔서 눈이 망가질 것만 같다.

머리맡에 두었던 폰을 켜본다. 부재중 전화가 세 통 와 있다. 사랑도 모르는 개새끼다. 일단 씻고, 애인에게 전화를 걸어 그를 안심시킨 뒤에 개새끼에게 전화해야지. 아니, 문자부터 보내야겠다. 전화 왔는지 몰랐다고, 전화 왜 했냐고. 사랑은 몰라도 연기인 건 너도 알지? 무슨 말을 하는지 들어는 봐야지. 뻔한 말이겠지만. 그러고 나서 말해야겠다. 너는 좀 사랑을 제대로 배울 필요가 있다고. 내가 가르쳐줄 테니 지금 여기 오라고.

대장장이

처음에는 별생각이 없었습니다. 기술을 배운다는 게 다 그런 거죠. 먹고살아야 하는데 뭘 해야 할지는 잘 모르겠고, 머리보다는 몸 쓰는 게 자신 있고, 그래도 나중에 어디서 나 이거는 잘한다고 말할 만한 일이었으면 좋겠고. 알고 지내던 좀 나이 많은 형님이, 형님이라고 하긴 하는데 실제로는 그 숙부뻘은 되는 분이신데요, 작은 공방을 운영하셨거든요. 그래서 술 먹다가 형님, 저 형님 공방에서 일해보면 안 되겠습니까, 하니까 금방 때려치울 거 같은데, 자신 있나? 자신 있습니다! 돈은 많이 못 주겠지만서도 그럼 한번 배워봐라. 그렇게 용광로와의 우정이 시작된 거죠. 처음엔 무거운 것만 들고 나르다가 점차 망치도 들 수 있게 되고. 아, 왜 겨울에도 반팔이냐고요? 불똥이 튀잖습니까. 이게 긴팔을 입고 있으면 옷이 타서 더 큰 화상을 입게 되거든요. 물론 뜨겁죠. 처음에는 정말 고생했습니다만 이제는 적응돼서. 하여튼 그 형님 아래서 십오 년을 배웠지요. 형님은 공방이 계속 남기를 원했고, 자식들은 운영할 생각이 없고. 그러니 저보고 맡으래요. 이후로 제가 계속 망치를 들고 있습니다. 왜 아직도 전통 방식으로 단조(鍛造)*를 하느냐고요? 칼 보여드리지 않았습니까? 기계 쓰면 저런 칼 안 나옵니다. 칼…… 왜 그런지는 모르겠고요. 언젠가부터 칼에 미치게 되더라고요. 최고로 좋은 칼을 만들고 싶다, 이런 생각이 드는 겁니다. 철로 만들 수 있는 게 칼뿐인 것도 아닌데, 어쩐지 최고로 잘 만들고 싶은 것은 칼이었습니다. 왜일까요? 나는 모릅니다. 내가 만드는 칼이야요리사들이 쓰는 칼이 대부분이긴 하지만, 무사의 칼을 만들던 옛날 대장장이들도 다 마찬가지 아니었겠나, 그런 생각도 합니다. 칼이 무얼 베는지는 둘째고, 일단 베는 게 무엇이든 간에 최고로 잘 베어야 한다고 생각했겠죠. 그러고 싶다는 소망으로, 그럴 수 있다는 자부심으로 망치질하는 거 아니겠습니까. 그래도 뭐 주인 잘 만나 좋은 데 오래오래 쓰였으면 좋겠고. 아, 망치질 소리요? 좋지요. 두드리다 보면 아무 잡념도 없습니다.

* 단조: 금속을 두들기거나 눌러서 필요한 형체로 만드는 일.

호위 무사

낭자, 나는 강물 위에 떠 있소.

강물에 뜬 채 어딘지도 모를 기슭에 닿아 있소.

기슭에 자란 버드나무에 등을 기대고 호흡을 가다듬고 있소.

나를 데리고 온 강물은 내가 흘린 피에 닿아 제 몸도 붉어졌구려.

나는 내 몸이 품어왔던 시간이 나로부터 빠져나가는 것을 느끼며 낭자에게 편지를 쓰오.

낭자를 만나게 해주었던 운명의 실은 언제부터 베틀 위에 올라 있었던 것인지.

낭자는 표국의 호위를 받으며 길 떠나던 첫날이라고 생각하실지도 모르겠소.

그러나 내가 보기에 운명이라는 강물은 그보다 더 오래전부터 나를 낭자에게로 데려간 것 같소.

말한 바 없으나, 나는 표국에서 표사로 있을 사람은 아니었다오.

나는 본디 배화교의 사람으로, 우리를 해하려는 무리에게 이미 목숨을 잃을 뻔한 적이 있었소.

산중에서 쫓기다 낭떠러지로 몰려 떨어졌을 땐 끝인 줄만 알았지.

그때도 강물이 나를 어디론가 데려갔으니, 이미 강물은 내 목숨을 한 번 구해준 셈이구려.

강물에 떠밀려 도착한 곳은 알려지지 않은 비경이었소.

노랗고 붉은 과일들이 탐스럽게 열린 과일나무가
많았다오.

몸을 가누지 못할 만큼 아팠음에도 허기는 어찌나 견디기
어렵던지.

나는 굶주린 배를 채우기 위해 거의 기다시피 하여 나무
아래까지 가서 낙과를 삼켰소. 그 과일이 신기 과일인지도 미처
몰랐다오.

나는 오래 안 가 기력을 회복하였소. 그러자 우습게도
앞날이 염려되더군.

비경을 둘러보니 누군가가 나를 위해 준비한 양 강기슭에
거룻배 한 척이 매여 있더구려.

과일은 물론이요, 온갖 비급들이 가득했소.

나는 거룻배를 타고 강물이 나를 인도하는 대로 몇 날
며칠을 떠내려갔다오.

신기 과일이 있어 배고프지 않았고, 비급들은 읽는 대로
내게 새로운 지경을 펼쳐보였소.

과거를 강물에 흘려보내고, 교리도 기슭에 묻어두고
살아가려 했지.

나는 들짐승처럼 아무렇게나 떠돌아다녔소.

먹을 것이 생기면 먹고, 누울 곳이 생기면 자고.

가끔 악행을 일삼는 이들을 보면 무시하지 못하여
저지하고.

문득 정신을 차려보니 나는 표국의 표사가 되어 있었다오.

하남의 어느 객잔에서 무뢰배의 버릇을 고쳐주던 나를
눈여겨본 총표두가 나를 표국의 식객으로 초대하였고,

잠시 머물다 떠나려 했던 것이, 밥만 얻어먹고 떠나기
무람하여 한두 건의 일을 거들었을 뿐인데.

참, 세상일 알다가 모를 일이지 않소?

몇 차례 낭자의 호위를 더 맡게 되고, 흐르는 시간이
서로를 조금씩 더 알게 만들고

결국 낭자의 세가에 들어가 낭자의 호위 무사가 되기까지
우리가 얼마나 많은 침묵을 나누었는지,

그리고 간간이 그 침묵을 적시는 다디단 말을 나누었는지.

낭자를 처음 보았을 때 내 숨 찰나간 멎었지요.

내가 물속의 잉어였다면 낭자 마주하기 부끄러워 수심
깊은 곳으로 숨었을 테고,

하늘의 기러기였다면 낭자 보느라 날갯짓도 잊어 땅으로
떨어졌을 게요.*

그런 낭자를 끝까지 지키지 못해 내가 많이 미안하오.

낭자는 지금 내가 말없이 구름처럼 그대 떠난 줄로
알겠지요.

수원지가 있어 물줄기가 예까지 이어지듯이

과거는 그리 쉽게 떼어낼 수 없는 것인가 보오.

내가 배화교의 사람으로 자랐다는 사실 자체가
누군가에겐 그토록이나 증오할 거리가 된다는 게 어이없고도
원망스럽구려.

따라붙은 가막새들이 보이기에 낭자에게 해를 끼칠까 싶어
산중으로 피할 수밖에 없었소.

그리고 달이 차고 기울 때까지 이어진 칼부림,

헤아리지 못할 만큼 많은 이들을 베었으나 나 또한 응분의
대가로 자상을 입었소.

잠깐 정신을 잃고 다시 눈을 뜨니 강물 따라 흘러가고
있었다오.

여기까지 읊고 나니 어디선가 들어본 듯한 이야기들이
많은 듯하구려.

어쩌면 나는 이미 몇 번이나 비슷한 일을 겪고, 몇 번이나
죽음을 계속해왔는지도 모르겠소.

마치 전장에 부러진 채 꽂혀 있는 수천 자루의 칼날들,
칼 무덤의 형상과도 같이.

매화가 만발하던 어느 날, 낭자가 내게 물었지요. 그대를
영원 동안 지켜주지 않겠느냐고.

그때 나는 아무런 대답도 하지 않았소.

아마도 낭자는 속으로 야속했을 거요. 아니, 꼭 그랬었기를 바라오.

호위 무사로서 연심을 품어서는 안 되는 것이라 생각한 점도 없지 않으나,

나 역시 여인의 몸이기에 쉬이 대답하지 못했다오.

혹여 다른 이들이 알았다면 어느 쪽이든 무사하지 못했겠지요.

낭자는 내가 그런 줄을 알고 있었는지 모르겠소.

아니, 꼭 알았었기를 바라오.

그러면 지금에라도 나는 너무나 기쁠 터이니.

이렇게 죽더라도 덜 억울할 터이니.

낭자, 나는 다시 강물 위에 떠 있소.

흐르는 강물에 몸을 맡긴 채 흘러가고 있소.

어딘지도 모를 곳에서 어딘지도 모를 곳으로……

내 뺨을 어루만지는 낭자의 손길 같은 이것이 내가 느끼는 마지막 감각인 듯하오.

눈이 부셔서 아무것도 보이지 않소.

바람이 좋구려.

* 침어낙안(沈魚落雁).

아내(농부의)

너는 농부 할 거야? 그럼 내가 아내 할게. 네가 쌀을 만들면 내가
밥을 지을게. 같이 밥 먹고 잠자고 아이도 낳자. 아이는 누가
할래? 너는 농부 할 거야? 그럼 내가 아이 할게. 내가 울고 내가
달랠게. 밤늦게까지 술 마시면 안 돼. 술 마시고 때리면 안 돼.
때리고 안아주면 안 돼. 술 냄새 나잖아. 여보는 가서 돈이나 벌어
와. 가서 돈이나 벌어 오세요, 아빠. 나보고도 벌어 오라고?
난 애도 보고 빨래도 하고 밥도 하고 품앗이도 하는데 돈까지
벌어 오라고? 식당에 나가? 몸이라도 팔아? 애는 누가 봐?
시어머니가 필요하겠어. 시어머니는 누가 할래? 너는 농부
할 거야? 그럼 내가 시어머니 할게. 내가 혼내고 내가 울고 내가
달랠게. 너는 가서 큰일을 해라 애비야. 큰일은 남자가 해야 한다
애비야. 애비야, 큰일 안 하고 뭐 하냐 애비야! 저기 호박이
넝쿨째 굴러간다 애비야, 저기 네가 사랑하는 이웃집 여시가
네 꼬추 물고 도망간다 애비야! 이러다 암탉이 울겠어. 집안이
무너지겠어. 강아지를 한 마리 들여야겠어. 이름은 워리로
해야겠어. 너는 농부 할 거야? 그럼 내가 워리 할게. 내가 혼내고
내가 울고 내가 달래고 내가 재롱떨게. 워리 워리 돈 워리 워리는
월월이. 목줄에 매여 슬픈 멍멍이. 개뼈다귀 하나 물고 신난
복덩이. 복날에 맞다가 천국 간 막둥이. 워리가 남기고 간
똥 덩어리에서 벌레가 기어 나오네. 너는 농부 할 거야? 그럼
내가 벌레 할게. 내가 혼내고 내가 울고 내가 달래고 내가
재롱떨다가 내가 꿈틀꿈틀꿈틀이…… 그런데 너는 다른 거 하기
싫어? 너는 다시 태어나도 농부 할 거야? 우와, 너는 좋겠다.

꿈이 분명해서. 나는 다시 태어나면 뭐 할까? 네 아내는 안 할래.
벌써 한 번 했잖아. ㅎㅎㅎ*

* "농부는 아내를 데리고 왔네 / 아내는 아이를 데리고 왔네 / 아이는 유모를 데리고
왔네 / 유모는 소를 데리고 왔네 / 소는 강아지를 데리고 왔네 / 강아지는 고양이를
데리고 왔네 / 고양이는 쥐를 데리고 왔네 / 쥐는 치즈를 데리고 왔네 / 치즈는 혼자
서 있네 / 하이호 더 데리오! / 치즈는 혼자 서 있네." 놀이 동요 '작은 골짜기의 농부'의
가사.
* "남자애들은 농부가 되고 싶어 했다. 그런데 여자애들은 농부의 아내, 자식, 반려동물,
심지어 해충이 되고 싶어 했다."(웬즈데이 마틴)

관리인(곡물창고의)

당신의 직업은 무엇입니까?

내 직업은 곡물창고의 관리인입니다. 공식적으로는
곡물창고에 '곡물'을 입하하는 이들이 창고 관리 권한을 나눠
갖기 때문에, 지금 답변하고 있는 나는 1/7 창고관리인이라고
할 수 있습니다. 질문하는 당신도 공식적으로 1/7
창고관리인입니다. 그런 측면에선 자문자답이군요. (웃는다.)

당신이 노동하는 곳은 어디입니까?

곡물창고와 그 근방입니다. 지금 우리가 산책하고 있는.

**곡물창고가 무엇인지 모르는 분들을 위해 곡물창고가
어떠한 곳인지 소개해주실 수 있을까요?**

곡물창고는 '비일시적 전자문예를 향한 이용자 연합'을
표방하고 있습니다. 간단히 말해 여러 사람이 함께 사용하는
팀 블로그죠. 곡물창고의 필자들은 스스로 정한 연재 형식에 맞춰
계절당 최소 한 번 게시물을 입하하고, 독자들은 각자의
방식으로 그에 영향을 미치거나 미치지 않을 수 있습니다.
독자에게는 시간 외 다른 값이 요구되지 않고, 필자에게는 자신의
글이 으뜸가는 보상입니다……라는 슬로건이 있군요.

**당신은 곡물창고를 '비일시적 전자문예를 향한 이용자
연합'이라고 칭하고 있습니다. 여기서 말하는 '비일시적'과
'전자문예'는 각각 어떠한 의미를 가지고 있습니까?**

'전자문예'란 종이 지면과 대비하여 전자 지면을 기반으로
하는 문예를 뜻하고, '비일시적'이란 일시적 전자문예에 대비하여
일시적이지 않음을 뜻합니다. 사실 내가 아리송하게 여기는
부분은 '이용자 연합' 쪽입니다. 아무나 붙잡고 묻고 싶군요.

**이름이 곡물창고가 된 이유는 무엇입니까? 거기에는
어떠한 뜻을 새길 수 있습니까?**

그냥 갑자기 생각난 겁니다. 큰 이유 없어요. 처음에
이름을 지을 때 '천국 곳간'이란 단어가 떠올랐던 것 같기도
합니다. 우편함 주소에 그 흔적이 남아 있습니다. (＊곡물창고는
특정 종교와 무관합니다.)

그곳에서 당신은 무슨 일을 합니까?

창고를 관리합니다. 관리 예규에 적힌 자잘한 일들. 제일
많이 하는 일은 입하 관리입니다. 새롭게 입하된 게시물이 있는지
확인하고, 교정 요청서를 보내고, 교정이 완료되면 게시대에
올려요. 태그와 제목과 주소를 따고 몇 문장 뽑습니다. 저 말고
다른 사람이 할 때도 있습니다만 대부분 제가 합니다. 메일링을
시작한 뒤부터는 같은 내용을 발송 예정 메일에도 추가합니다.
그때그때 해야 안 헷갈리니까.

당신은 그 일을 왜 합니까?

취미죠. 보통은 회사에서 하기 때문에 취미리고 볼 수
없을지도 모르겠습니다. 사장님이 모르는 일을 하는 것뿐이죠.
지금 이것도 회사에서 쓰고 있어요(곡물창고는 어디에나
있습니다……). 그래도 어쨌든 취미입니다. 어렸을 땐 취미로
먹고사는 게 꿈이었습니다. 다들 그렇지요? 아닌가요?

**사람들마다 다를 것 같네요. 취미를 일로 만들고 싶지는
않은 저 같은 사람도 있으니까요. 취미로 먹고사는 게 꿈이었다고**

하니, 결국 직업으로 연결됩니다. 직업 전선에 투입되지 않았던, 다시 말해 직업이 꿈의 영역에 머무르던 때의 자신과 오늘날 산업 역군으로 살아가고 있는 자신의 초상에는 어떠한 차이가 있습니까?

취미를 일로 만들고 싶지 않은 것은 충분히 이해할 만한 일입니다. 이것은 대단히 복잡한 이야기가 될 것 같군요. 최대한 천천히 말해볼 테니 잘 들어보십시오. 나, 1/7 창고관리인이 태어나기 전의 일들이 기억납니다…… (편집됨.)

당신은 그 일을 통해 무엇을 얻습니까?
곡물창고를 얻습니다.

종이 게재와 종이 출판, 전자 게재와 전자 출판 사이에는 각각 어떠한 차이점이 있습니까? 더불어 곡물창고의 지향점은 어디이며 왜 그렇습니까?
종이[게재·출판] vs 전자[게재·출판]이든, [종이·전자] 게재 vs 출판이든, 저로선 투여된 노동의 규모·복잡도에 차이가 있다는 동어반복밖에 할 수 없을 것 같습니다. 편집, 출력, 배송, 지속성, 인프라 등등이요. 그러니까 차이점은 어떤 식으로 그 선이 공동 관측 가능한지에 달려 있습니다. 그와 관련된 나 1/7 창고관리인의 최대 지향점이라면 역시 편집권의 시연(데모)입니다. 그걸 가리켜 취미라고 한 거죠. 다른 관리인들은 또 다를 것입니다. 이 질문을 받고 궁금해져 친한 필자에게 물어보니 그쪽은 '끝까지 버티기'라더군요. 뭘 버틴다는 건지, 끝이라는 게 뭔지…… '목표는 한중장로' 같은 소리도 했습니다. 난 그 생각이 썩 맘에 들지 않아요. 데모는 언젠가 끝나야만 합니다. 시작한 사람이 맘대로 할 수 있는 건 아니지만.

장로 이야기를 하니까 드리는 말씀입니다만, 장로가 죽고 난 뒤 40여 년이 지났을 무렵 업의 동쪽에 물난리가 나서 장로의

관 뚜껑이 열렸다고 하죠. 그런데 장로의 시신은 썩지 않아 마치 산 사람과 같았다고 하는 옛 기록이 남아 있습니다.

월드와이드웹이 1989년에 시작되었으니, 오늘날 펼쳐지고 있는 '전자문예'의 나이도 인간으로 보자면 아직은 청년기인 셈입니다. 말씀의 저의에 관계없이 언젠가 곡물창고도 폐쇄되지 않겠습니까? 이때 이 폐쇄된(그리고 폐쇄될) 창고(들)에 남아 있는 곡물들은 후대에게 어떤 자원으로 남게 될까요?

그것은 첫째로 묘의 조성 방식에 달린 일이라고 주장해 봅니다. 물난리가 났을 때 관 뚜껑이 슥 열릴 만하게 되어 있는가? 만약 화장된다면? 능지처참된다면? 말들을 달려 흔적을 없앤다면? 풍장된다면? 그런 측면에서 곡물창고를 조성 중인 묘라고 보는 것도 좋을 것 같습니다. 운영 방식이 곧 폐쇄 방식인 셈으로요. 나의 입장에서는 그래요. 곡물창고도 동시대의 틀에서 대단히 벗어나지는 못합니다. 나는 □△○을 보면서 이건 어느 정도 곡물창고 스타일이군, 하겠지만 누군가는 곡물창고를 보며 이건 분명히 □△○ 스타일이군, 할 수 있습니다. 어쩌면 확실히, 시신이 누구의 것인지가 훨씬 중요할지 모릅니다. 하지만 모르는 일입니다. 그게 실은 장로의 시신이 아니었다는 식이죠. 문자 그대로 어제 죽은 사람이 떠내려왔는데, 야 이 시신이 혹시 장로의 것이 아니냐? 그런가? 그렇다! 아무래도 그런 것 같다! 장로의 시신이다! 멀쩡하다! 그런데 바로 그때, 목에다 매달아뒀던 비석-태그가 발견됩니다. 그다음 이야기는 후대가 자신들이 원하는 대로 쓸 것입니다.

오늘날 문예에 있어 자발성이란 어떠한 가치를 지니는 것입니까?

진귀함? 진귀한 것으로 대해진 적 없는? 지나치게 흔해졌기 때문에? 만약 자발성이 제한선을 만든다면? 우리의 제한선은 고안되어야 한다? 얼른 떠오르는 건 이 정도입니다.

**곡물창고의 경쟁 업체로는 어떠한 것들이 있습니까?
곡물창고가 살피기에 그 업체들의 특징이 있다면 무엇입니까?**

제가 보기엔 유튜브를 제외하면 적수가 없습니다.
넷플릭스인가 뭔가가 치고 올라온다던데 아직은 애송이죠. 둘 다
과도하게 크다는 것이 특징입니다. 여러 의미에서요.

**그중 하나가 잘려나간 아홉 개의 촉수를 곡물창고에
보관하기 위한 방법으로는 어떠한 것들이 권장됩니까?**

그런 물품의 보관은 권장하지 않습니다만, 마침 저기
보이는 이사야*에게 어떤 힌트가 있을지도 모르겠습니다.

곡물창고에 비전이 있다면 무엇입니까?

구글로부터의 해방입니다. 구글의 공공화라고 하는 편이
더 맞겠네요. 비전은 클수록 좋고 저의 비전은 소박합니다.

* 이사야: 곡물창고에서 살고 있는 쥐의 이름.

학원 학원 원장

사람은 배움을 추구합니다. 태어난 순간부터 세상을 배우고, 부모로부터 사랑을 배우며, 말을 배웁니다. 임종의 순간에 공허를 배우고, 죽음에 이르는 과정을 배우고, 침묵을 배웁니다. 사람은 일생 동안 배움을 멈추지 않습니다.

세상만사 자연히 배우게 되면 참으로 좋겠습니다만, 세상은 그렇게 굴러가지 않습니다. 사람은 혼자서는 배울 수 없거나 깨닫는 데 시간이 너무 오래 걸립니다. 크루소 씨가 무인도에서 장장 십수 년에 걸쳐서야 겨우 사람답게 사는 데 필요한 여러 기술들을 익혔다는 점을 여러분도 아실 테지요. 그래서 우리 사람에게는 스승이 필요합니다.

혼자인 사람이 모시기에 가장 수월한 스승은 책이죠. 책은 여러 가지를 가르쳐줍니다. 거의 세상만사에 대해 가르쳐주지만 책으로 알고 싶은 것을 모두 배울 수는 없습니다. 여기에는 세 가지 문제가 있습니다. 1) 책이 너무 많아서 원하는 책을 찾기가 힘듭니다! 2) 원하는 책을 기어코 찾아냈더니 이미 절판된 책입니다! 3) 책을 입수하더라도 결국 읽어내야 합니다. 그런데 요즘에는 책이 아닌 유튜브를 보며 배운다고요? 엇비슷한 영상의 산더미를 파헤치고, 돈벌이를 위해 무의미하게 분량 늘린 영상들을 뒤져가며 책 한 줄에 해당하는 정보를 찾으려 하는 꼴이군요. 이런! 영상을 보거나 글자를 읽지 않아도 누가 좀 말로 알아듣기 쉽게, 재미있게 가르쳐주면 안 될까요? 우리를 말로, 사랑으로 가르쳐주는 스승이 필요한 이유입니다.

그리하여 세상은 온갖 것들을 가르치는 스승으로

넘쳐납니다. 스승과 제자가 있다면 그들이 만나는 곳, 교육 현장
또한 필요하겠죠. 그런 이유로 온갖 것들을 가르치는 온갖 학원이
설립됩니다.

수학 학원, 영어 학원, 논술 학원, 미술 학원, 웅변 학원,
음악 학원, 태권도 학원, 검도 학원, 유도 학원, 합기도 학원,
태극권 학원, 체조 학원, 수영 학원, 컴퓨터 학원, 운전 학원, 조리
학원, 제빵 학원, 바리스타 학원, 디자인 학원, 보컬 학원, 댄스
학원, 연기 학원, 공무원 학원, 승무원 학원, 서예 학원, 바둑
학원, 정비 학원, 열쇠 기술 학원, 시 창작 학원, 낭송 학원, 게임
학원, 프로게이머 학원, 유튜브 학원, 디제잉 학원, 도배 학원,
마케터 학원, 주식 학원, 경비 학원, 판소리 학원, 낚시 학원,
목욕관리사 학원, 무당 학원, 병아리 감별 학원, 사투리 교정
학원, 닌자 학원,

......

여기에 언급하지 못한 학원들이 더 많습니다. 학원 강사
학원까지 있는 형국입니다. 그러니까 한 발 더 나아가 학원
학원이 있지 말란 법도 없습니다. 저는 수많은 학원을 운영하고
말아먹은 경험을 살려 학원 학원을 차릴 생각입니다. 어떤 학원을
차릴 것인가, 하는 문제부터 적합한 교육 현장 물색 및 원생
모집과 관리, 폐업 시 파산하는 방법까지 완벽하게 가르쳐
드리겠습니다(자살, 안 하셔도 됩니다!).

미래의 원장님들, 제가 확실하게 가르쳐드리겠습니다.
사람은 태어나 죽을 때까지 배움을 추구하는 존재이고, 배움에는
스승이 필요하며, 스승과 제자가 만나기 위해서는 아름다운
교육 현장이 필요한 법이니까요.

인력 관리자

인간을 만드는 중이다. 일터에 보내려고. 신생 SNS 스타트업에서
인력 요청을 해왔다. 사람이 바글바글한 것처럼 보여야 사람이
바글바글해지는데, 초기 가입자가 부족하단다. 일단 3천 명가량
만들어서 가입시켰다. 이 가짜 인간들은 이제 웹을 떠돌아다니며
다른 사람들이 올려놓은 데이터를 무단으로 수집한 뒤에 자신의
글과 사진인 양 올릴 것이다.

    내가 일하는 곳은 말하자면 인력 사무소에 가깝다.
사람이 필요한 곳에 사람을 보내는 게 우리의 일이다. 일반적인
인력 사무소는 진짜 인간을 파견하지만 우리는 가짜 인간을
파견한다는 점이 차이라면 차이다. 우리는 가짜 인간이 필요한
사이버 장소, 단체라면 어디든 가리지 않고 보낸다. 포털 정치
기사에 댓글을 다는데 화력이 부족하다? 우리를 부르면 된다.
SNS에서 다른 성향이랑 싸우는데 화력이 부족하다? 우리를
부르면 된다. 성인 불륜 사이트에 여성 회원의 수가 부족하다?
우리를 부르면 된다. 온갖 데이터를 도용하고 변형하고
재생성하여 대충 봐선 진짜 인간인지 아닌지 구분하기 힘든 가짜
인간을 만들고 관리하는 게 우리의 일이다. 정치적으로 좌파든
우파든, 대의적으로 옳은 일이든 옳지 않은 일이든 그야말로
좌우지간에 돈만 주면 얼마든지 인간을 보내줄 수 있다. 그래봐야
가짜 인간일 뿐 아니냐고? 이미 가짜 인간과 가짜 사회에서 숱한
시간을 보낸 당신이 할 소리는 아닌 것 같다.

    곧 다가올 사회는 점점 더 가짜 사람을 기반으로 형성될
것이 분명하니, 가짜 사람이 되는 법을 배워두는 게 좋을

것이다.* 불쌍한 진짜 인간을 위해 진짜 정보를 주고 말았다,
으흠!

* "만일 사회가 가짜 사람을 기반으로 만들어진다면, 자기 자신이 가짜 사람이 되는 법부터
배워야 할 것이다."(재런 러니어)

직업 소개사

나는 지금 인생 최대의 위기에 처해 있다.

나는 미래직업소개소*에서 무직자에게 노동의 기쁨을 알리고 그들이 할 수 있는 노동을 소개시켜주는 일을 하고 있다…… 있었다.

옛사람들은 행복한 미래 하나와 불행한 미래 하나를 상상했다. 사람이 하던 노동을 기계가 도맡고 사람은 더 이상 노동을 하지 않아도 되는 행복한 세상과, 사람이 하던 노동을 기계가 도맡고 사람은 노동 현장에서 쫓겨나는 불행한 세상.

많은 사람들이 더 이상 노동을 하지 않아도 되거나 하지 못하게 된 이 세상이 행복한 세상인지 불행한 세상인지는 알 수 없지만, 분명히 알 수 있는 단 한 가지는 내가 지금 인생 최대의 위기에 처해 있다는 사실이다.

언젠가부터 사람들이 더 이상 직업을 소개받으러 오지 않는다. 일을 하지 않아도 되기 때문인지 일을 할 수 있을 거라고 생각을 하지 못하기 때문인지는 알 수 없지만, 분명히 알 수 있는 단 한 가지는 내가 언젠가부터 아무도 찾아오지 않는 미래직업소개소에 9시에 출근해 8시에 퇴근할 때까지 가만히 앉아 있는 삶을 반복하고 있다는 것이다.

문자 그대로 나는 아무것도 하고 있지 않다. 방문객이

드물어진 초기에는 라디오를 듣거나 영상물을 보거나, 나중에는 막 나가자는 의미에서 게임도 했으나 지금은 아무것도 하고 있지 않다. 커다란 고민 속에서 시계만 쳐다보다가 시계가 멈추면 약을 갈아 넣을 뿐이다. 아무것도 하지 않는 채로 텅 빈 사무실에 앉아 있노라면 텅 빈 사무실이 내가 된 것 같은 기분이 든다. 자신과 장소가 동화되는 게 아니라, 장소에 자신이 편입되는 감각을 느껴본 이라면 어떤 느낌인지 알 것이다.

방문객이 오지 않는 것도 고민이지만, 노동하는 삶이 과연 행복한 것인지 불행한 것인지도 (여전히) 고민이지만, 당장에 내가 나에게 새로운 직업을 소개시켜줘야 할지, 아니면 일을 그만둬야 할지 모르겠다는 것이 최대의 고민이다.

고민 끝에 사무소 한편에 비치되어 있던 월간 『직업 전선』이라는 책을 읽어본다. 여러 직업군에 속한 이들이 자신의 노동에 관해 기술한 체험기……인 것 같다. 확실하지는 않다. 헛소리를 적어놓은 이들이 너무 많기 때문이다. 고민에 하나도 도움이 되지 않고 고민의 골만 더 깊어진다. (이딴 걸 왜 책으로 엮었지?)

'미래에는 현재의 직업이 사라지고 줄어드는 한편 새로운 직업도 생길 것이므로 오래오래 일할 수 있는 미래의 직업을 소개받으러 오십시오'라는 기원을 담아 미래직업소개소라는 이름으로 직업소개소를 열었으나 대략 창업 20년을 맞은 지금 나는 정말로 대위기다. 직업을 소개시켜주는 사람인 나 자신이 이 직업을 유지해야 할지, 다른 직업을 가져야 할지, 그냥 일을 그만해야 할지 결정하지 못하고 있으니 말이다.

사람들은 왜 여전히 일하기 싫어하고 일하고 싶어 할까? 궁극적으로는 일하지 않아도 되지만 일하고 싶은 마음인 채로 일하지 않는 걸 바라는 걸까?

(혹자들이 더는 책을 읽지 않아도 되지만 책을 읽고 싶은 마음인 채로 책을 읽지 않듯이?)

에라 모르겠다. 이 고민을 『직업 전선』 7월호에 투고해보고 나서 생각해야겠다.

* 대한민국 서울시 영등포구에 소재한 곳과는 무관함을 밝힙니다.

저자

안녕하세요, 저는 『직업 전선』을 쓴 사람입니다.

　과거와 현재와 미래의 모든 직업들에 관해 쓰겠다는 터무니없는 기획, 기획이라기엔 망상에 가까운 이 글쓰기의 연원에는 크게 보면 두 가지의 생각이 있었다고 말씀드려야겠습니다.

　첫 번째로는 아우구스트 잔더입니다. 이 유명한 독일 사진가에 관해 누구나 알고 계시겠지만, 모르시는 분들 또한 계실 것이기에 짧게 언급하자면 그는 초상 사진으로 널리 알려진 작가입니다. 그는 〈20세기 사람들〉이라는 초상 사진 시리즈를 통해 바이마르 공화국 시절에 그 사회의 단면을 보여주고자 했습니다. 일례로 그의 작품 제목들은 여러 직업명으로 되어 있지요. 옛날 언젠가 그의 작품을 살펴보며 '대단히 멋진 기획이군!' 하고 생각했던 기억이 납니다.

　두 번째로는 직업 예술가가 되지 못한(않은) 예술가들에 관한 생각입니다. 세상에는 예술가가 있고, 그보다 많은 수의 예술가가 되고자 했던 사람들이 있습니다. 수준 미달이라, 운이 없어서, 그저 열정이 식어서, 다른 취미가 생겨서, 생계 때문에, 때로는 자신에게 예술가가 될 가능성이 있었는지조차 모르고…… 예술가로 살아가기를 포기한, 그러나 예술가의 성정을 가진 이들이 있습니다. 몽상하고 태업하며 살아갈 그들의 노동에 관해 생각했습니다. 저 또한 몽상하고 태업하며 노동하는 사람이기 때문입니다.

　저는 이 터무니없는 기획을 시작할 당시에 수백 개의

직업을 다루고자 했습니다만, 원했던 만큼 다루지는 못했습니다.
이 '저자'라는 족속들의 게으름은 그야말로 상상을 초월하지요……
봄에 원고를 주겠다고 약속하고 나면 이러저러한 핑계(집필의
어려움, 일의 바쁨, 몸의 아픔, 불만족, 추가 원고, 천재지변,
소통의 불일치……)들로 여름, 가을, 겨울을 지나 이듬해 봄으로
최종 마감을 못 박고 나서도 가을의 냄새가 날 무렵에야
그나마 꼴은 갖춘 원고를 주는 놈들입니다. 이에 관해서는 저도
예외는 아니기에 이미 수 차례 미뤄왔습니다만 지금 이 자리를
빌려 이 개떡 같은 원고를 살피고 계실 편집자 선생님께 한마디만
더 청하고 싶군요. 제게 일 년만 더 주시면 안 되겠습니까?
그러면 애초에 계획하고 아직 쓰지 못한 직업들을 조금 더 추가할
수 있을 것 같거든요. 그러니까 제게 시간을 조금만, 조금만 더
주신다면…….

　　지극히 현실적인 여러 이유들로 인해 『직업 전선』은
현재의 꼴로 출간되었습니다만, 여전히 현재 진행형인 기획이라고
할 수 있습니다. 만약에 책이 살아 숨 쉬는 생물이라면, 저 스스로
활자를 집어삼키며 생장하고 거대해지는 것이라면 수 년에
걸쳐(어쩌면 평생에 걸쳐) 『직업 전선』이 자라날 가능성도 있지
않겠습니까? 언젠가 수십수백 개의 직업에 관한 이야기가
추가된 증보판을, 증보판의 증보판을 여러분에게 보여드릴 수
있다면 좋겠군요. 자, 그러면 저는 출간 이후에 제멋대로 찾아오는
우울을 뒤로하고 그만 일하러 가야겠습니다.

창작 노트

가마꾼

"人知坐輿樂(인지좌여락) 不識肩輿苦(불식견여고). 사람들은 가마 타는 즐거움은 알아도 가마 메는 고통은 알지 못하네." 다산 정약용이 쓴 「견여탄(肩輿歎)」, 즉 "가마꾼의 탄식"이라는 글의 구절을 비틀었다.

노점상 (아이스크림을 파는)

아마도 청년이라고는 없는 촌마을의 청년회에 관한 글이다. 이 글을 쓰던 여름은 유난히 무더웠다. 너무 더운 탓에 아무 관심도 없는 카뮈마저 생각나던 여름이었다.

야쿠자

〈용과 같이〉는 세가의 대표적인 프랜차이즈 게임 중 하나로, 야쿠자 세계를 기반으로 누아르 영화 같은 이야기를 다루고 있다. 중심 스토리는 진지한 가운데 주변을 풍성하게 채우고 있는 일본의 도심 풍경, 문화—특히 밤 문화, 오락거리 등이 인상적인 작품이다. 게임을 하는 동안 기타노 다케시의 영화 〈소나티네〉 생각도 하며 즐겁게 했었다. 〈소나티네〉는 대학생 때 친구가 빌려달라고 하지도 않았는데 빌려줘서 봤었다. 대신에 그는 제프 맨검과 타임스볼드의 앨범을 빌려갔는데 아직까지 돌려받지 못했다.

시인

각주대로 팀 파워스의 『아누비스의 문』에서 차용한 이야기.

선원

각주대로 유진목 시인의 『산책과 연애』의 한 문장을 비틀며
시작했다.

고스트라이터

학생들한테 기획안 던져주고 대필시키던 논픽션 작가―일본
유흥업에 관한 글이나 기업인 성공 신화 따위나 발표하던―는
지금 잘살고 있는지 모르겠다.

악몽 수집가

엄주 작가의 『악몽수집가』를 보면서 나쁜 꿈을 수집하는 사람이
실제로 존재한다면, 그는 지독하게 우울하고 끔찍한 사람일
것이라고 생각했다. 다크 히어로 느낌일까.

영화감독

〈유령 도둑〉은 영구프로덕션에서 제작하기로 했다가 제작하지
못한 마지막 작품이다. 영구프로덕션은 이 작품을 제작하기
전부터 재정난과 임금 체불로 영화를 만들 수 없는 상태였던
것으로 보였으나 이 영화를 만든다고 지속적으로 기사를 냈고
투자금을 받았다가 후일 투자자들에게 고소당했고 패소했다.
〈유령 도둑〉은 제대로 알려진 시놉시스도 캐스팅도 없다.
단 장르만은 결정되어 있었는데, 코미디였다고 한다.

머리 수집가

게임 〈다키스트 던전〉에 나오는 '수집가(Collector)'라는 적이
모티프.

어부

나의 시 「고기잡이 노래」(시집 『사랑과 교육』에 수록)와 관련된
이야기. 「고기잡이 노래」는 원래 나의 자작곡에 붙인 가사다.
어부들이 부르는 노래는 포크 음악의 주요 주제이기도 하다.

노점상 (인형을 파는)

동묘에서 주로 일본의 레트로 소품, 장난감, 잡지 등으로 좌판을
벌이는 노인이 모티프. 나는 언젠가 그에게서 이소룡의 영화
〈사망유희〉의 격투 장면을 담아낸 플립북, 애니메이션 〈시끌별
녀석들(うる星やつら)〉 설정집, 아톰 인형 등을 산 적이 있다.
그는 자신이 파는 물건은 일본에서 직접 가져온 것이라며
자부심을 가지고 있었다.

산역꾼

산역꾼이 하는 일을 자세히 알기 위해 한국민속대백과사전을
참고했다.

    외할머니를 산에 묻던 날, 내 아버지는 당신이 오래오래
살 거라고 했다. 어른들의 농담 사이에서 나온 말이었지만,
어쩐지 그 말 이면에는 약간의 두려움이 있는 것처럼 느껴져서
지금도 그 말이 주던 느낌을 기억한다. 나의 친가와 외가
어느 곳에도 오래 산 사람이 단 한 명도 없다. 아버지의 수명은
모르겠지만 나의 수명은 손톱만큼도 기대 안 된다.

묘지기 (공원의)

위토답에 관한 이야기. 위토는 제사를 지낼 때 드는 돈을
마련하기 위해 만든 농지로, 조선시대 후기에 관련 법이
만들어졌다. 제사에 관련해 이런 토지 상속법까지 있었다니
정말이지 미친 유교 국가였다. 일제강점기를 거치며 호주제가
강화됨에 따라 제사 상속은 호주 상속에 흡수되었다.
오늘날에도 남아 있는 종중(宗中) 등은 이 위토를 후손들의
공동 소유로 보았기에 발생된 단체이다.

대면병

군에서 대면병으로 복무했던 예전 직장 상사 때문에 알게 된
병종. 방송병과 유사하지만 조금 다르다. 사회학과 출신이었던
상사의 말로는 대학에서 데모를 많이 하는 학과 학생들에게
사상 개조를 겸하며 보직을 준 경우가 많다고 하나 진실은 알 수
없다. 그의 말로는 자신의 사상과 신념에 위배되는 보직이었기에
직무 수행하며 심적으로 많이 괴로웠다고. 대면병에 관한
자세한 이야기는 신문 기사를 참조할 것. https://news.joins.com/
article/19463699 "[이색취재] 총보다 마이크, 대북심리전 요원
'대면병(對面兵)'의 세계(중앙일보 2016. 1. 24.)"

묘지기 (우주의)

별과 후손에 관한 이야기. 우리의 후손은 얼마나 오래 존속될까?
그들은 인간일까?

조랑말 속달 우편배달부

제목 그대로 조랑말 속달 우편(Pony Express)에 관한 이야기.
조랑말 속달 우편은 1860년부터 1861년까지 북미에서 짧은 기간
운영되었던 우편 서비스였다. 우편 배달로를 따라 백오십여
개의 역사를 짓고, 기수는 전속력으로 말을 달려 역참마다 말을
갈아탔다. 1861년 전신 서비스가 개시되며 역사 속으로
사라졌다.

교정자

19세기 말에 출간된 어느 소설책의 서문에는 이렇게 쓰여 있다.
"어차피 사람들은 책을 읽지 않는다. 내 책 또한 벽을 장식하는
데나 사용될 뿐이다." 오늘날 그의 말은 절반쯤 맞았다고 볼 수
있겠는데, 1) "어차피 사람들은 책을 읽지 않는다"는 말은
맞았다. 2) 그러나 "내 책 또한 벽을 장식하는 데나 사용될
뿐이다"라는 말은 틀렸는데, 그의 책은 장식하는 데도 쓰이지

않기 때문이다. 내 생각에는 이 책의 운명도 그의 소설책과
다르지 않다.

리브라리우스
장-뤽 낭시의 『사유의 거래에 대하여』에서 리브라리우스에 관한
대목을 읽고 쓴 이야기.

주술사
아카이브와 유튜브에 관한 이야기.

마리아치
나는 종종 살면서 이러저러한 음악을 찾아 듣는 일이란, 내
장례식에 틀었으면 하는 음악들을 선곡하는 과정이라고도
생각한다. 그런 점에서 음악은 이 순간 내게 살 힘을 주는 동시에
내가 죽음을 예비하게 만든다.

일수꾼
일수에 관한 뉴스 기사와 인터뷰 영상 등을 호기심으로 접하다가,
프란츠 카프카의 단편이 떠올라 썼다. 나는 살면서 돈을 빌려본
적이 없기에 일수를 써야 하는 상황도 마음도 모른다. 하지만
나날이 갚아야 하는 것이 있다는 건 상상만 해도 괴로운 일이다.
나는 그런 상황에 놓이지 않기 위해 빚을 지지 않는 것인지도
모른다. 만약에 일수를 써야 할 정도의 상황까지 내몰린다면,
나는 일수를 쓰기보다는 자살을 택할 것 같다.

조직원 (참새파)
비둘기파와 매파 사이에서 생겨난 조직…… 은 당연히 아니고,
대학생 때 습작하던 시절에 '앞으로 전통적인 경향의 서정시를
쓰지는 않겠지만, 쓰는 방법은 알아야 한다'라는 생각에
시험 삼아 써본 시 중 하나다. 쓸 줄 몰라서 그것을 쓰지 않는

일과, 쓸 줄 알고서도 그것을 쓰지 않는 일은 다르다고
생각한다.

농군

이렇게 말해볼 수 있겠다. "사회주의를 이야기할 때 내 마음은
콩밭에 가 있다."

종글뢰르

프랑스 중세 파블리오와 같은 느낌으로 쓰고자 했다. 파블리오는
중세 프랑스에서 유행한 이야기 형식이며, '웃음을 주는
이야기'를 뜻한다. 떠돌이 음유 시인들에 의해 길거리, 장터,
궁정에서 공연되었다고 『프랑스 중세 파블리오 선집』은
설명한다.

소설가

꽤 오래전, 근무하던 출판사 이메일로 현직 목사가 보낸
장편소설이 있었다. 가정이 있는 한 남자가 주식에 빠져
전 재산을 날리고 비관하여 자살한다는 이야기였다. 그 소설은
주식 투자의 중독성과 위험성을 다루고 있었는데, 한편으로
작가가 주식과 관련해 설명하고 묘사하는 대목들을 보자면
그야말로 신나서 썼다고 볼 수밖에 없는 흥도 있었다.
요즘 주식에 빠져 있는 수많은 사람들을 볼 때마다 반려했던 그
소설이 종종 떠오른다.

음악가

드론 음악을 듣다 보면 어쩔 수 없게도 '끝나지 않는 음악'이라는,
진부하다면 진부할 모티프에 관한 생각으로 빠져든다. 그리하여
영원한 음악을 만든 음악가의 이야기를 쓸까 하다가, 그러나
어쨌든 음악은 끝나야 한다, 끝나지 않는다면 음악을 들어야 할
이유도 없을 것이라는 쪽으로 생각이 기울게 되었다.

책 닌자

각주대로 젠 캠벨의 『진짜 그런 책은 없는데요』를 읽고 '책 닌자'
대목을 변용. 『진짜 그런 책은 없는데요』는 『그런 책은
없는데요』의 후속작. 젠 캠벨의 저 책들은 서점 운영자인
젠 캠벨이 만난 다양한(주로 황당한) 손님들에 관한 이야기로,
유머집에 가깝다고 나는 생각한다.

취재 기자

책 닌자가 무엇일까 내 나름대로 상상한 헛소리의 결과물.
참고로 일본 미에 대학은 세계 최초로 닌자학 석사 과정을 만든
곳이다. 닌자 대학교라고 불러야 할까. 전반적으로는 예술대학
문예창작학과에 관한 이야기.

길 주인

어느 추석에 쓴 글이다.

언젠가 술자리에서, 술에 취해 아내에게 "내가 언젠가
네 이름을 붙인 길을 사줄게"라고 허풍을 늘어놓은 시인이
있었다. 길에 관해 쓸 때 이 이야기를 써야겠다고 생각했다.

왕(무인도의)

당연하게도 대니얼 디포의 『조난을 당해 모든 선원이 사망하고
자신은 아메리카 대륙 오리노코강 가까운 무인도 해변에서
10년 동안 홀로 살다가 마침내 기적적으로 해적선에 구출된 요크
출신 뱃사람 로빈슨 크루소가 그려낸 자신의 생애와 기이하고도
놀라운 모험 이야기』의 오마주.

무법자

무법자. 시대와 용례에 따라 법의 보호를 받지 못하는 미천한
자인 동시에 법을 따르지 않는 자유인. 서부극의 진정한 주인공.
인디언이 없는 서부극은 권장되고 보안관이 없는 서부극은

가능하겠지만 무법자가 없는 서부극은 가능하지 않을 것이다.
이야기 중 인물 한 명의 모티프는 게임 〈레드 데드 리뎀션 2〉의
무법자인 더치 반 더 린드. 그의 유명한 대사는 이것이다. "내게
다 계획이 있어." 이런 말을 하는 사람들이 으레 그렇듯이
그 또한 아무 계획도 없거나 별 쓸모없는 공상만 있을 뿐이지만.

사형집행인

사형 방법에 관한 글이다. 나오는 순서대로 참수형(단두대),
교수형, 가스형, 투석형, 곤장형, 익사형, 약물 주사형, 사약형,
화형, 팽형, 참수형(언젠가 한 영상을 통해 본, 이슬람 무장
단체가 참수용으로 썼다는 거대한 성검), 능지형, 총살형, 거열형,
전기의자형.

프로레슬러

한국의 프로레슬러 중 한 명이 모티프. 그는 '국뽕' 기믹의
레슬러였는데, 외국 선수들을 혼내주거나 박정희 전 대통령을
찬양하거나 하는 식의 쇼를 펼쳤다. 재미있는 점은 그게
단순히 기믹이 아니라 링 바깥의 그와 사실상 다르지 않았다는
점으로, 달리 말하자면 그는 그 자신을 연기했다. 선수들의
연이은 탈퇴로 단체가 망한 이후 그는 애국 보수 유튜버가 되어
그쪽 판에서는 꽤나 유명해졌는데, 무슨 사유인지는 모르겠으나
어느 날 운영 규칙 위반으로 채널이 삭제되고 말았다.

점방 주인 (귀금속 판매상)

오늘날 존재하는 옛날식 금은방은 그 존재 자체가 내게 있어
일종의 미스터리다. 갈 일이 전혀 없어서 그런가? 그냥 그렇게
남아 있다가 하나둘씩 사라지고 있는 중인 걸까? 그런 순간이
올 때까지 그저 열어두고 있는 것일까? 여느 인생들처럼?

국밥집 사장

간판에 주인의 증명사진을 걸고 있는 대한민국의 여러 원조집에 관한 이야기.

요리사

돌죽 이야기를 바탕으로 민요처럼 풀어 썼다. 내 머릿속에는 멜로디도 있다.

파일럿 (거대 로봇의)

대부분의 로봇 애니메이션은 의도하거나 의도치 않은 이유로 세상의 명운을 짊어지고 거대 로봇에 탑승하는 소년 소녀의 이야기라고 볼 수 있다. 일반적으로 로봇 애니메이션은 완구 판매를 촉진하기 위한 부산물에 가까운 장르이므로, 대상 연령에 따라 그 무게가 천차만별로 오가기도 한다. 로봇 애니메이션의 대표적인 시리즈 중 하나인 건담에서는 주인공 파일럿들이 받는 스트레스와 정신병을 직접적으로 다루고 있어 주목할 만하다. 심지어 시리즈 중 〈기동전사 Z 건담〉은 주인공 카미유의 정신이 붕괴되는 것으로 결말이 나 많은 충격을 준 작품이다. 글을 쓰면서는 마징가와 건담과 마크로스의 분위기를 두루 상기했다.

공장 노동자 (장난감을 만드는)

인형(人形)이라는 한자에 관한 이야기.

펀드 매니저

뉴스 기사를 통해 여러 펀드 매니저들의 자살 장소를 참고했다.

사무원

게임이라기보다는 게임에 관한 명상에 가까운 프로그램이라고 생각하는 〈스탠리 패러블〉과 아주 연관이 없다고 할 수는 없다.

그러나 어쩌면 그보다는 어느 날 읽었던 츠츠이 야스타카의 단편 「최후의 끽연자」가 더 생각났던 것인지도 모른다.

웹툰 작가
뉴스 댓글창만큼 끔찍한 곳이 하나 더 있다면 아마도 웹툰 댓글창일 것이다. 사실 대부분의 댓글창이 끔찍하긴 하다.

버스 기사
나는 영화 〈패터슨〉을 보지 않았다. 뜬금없지만 이창동의 〈시〉도 보지 않았다. 그 영화들을 안 봐도 알 수 있는 것 하나는, 시를 안 쓰고 안 읽는 사람들은 그 영화들을 좋아할 가능성이 높을 것이며, 시를 쓰고 읽는 사람들은 그 영화들을 싫어할 가능성이 높을 것 같다는 점이다. (물론 아무 근거 없는, 그저 일정 부분 연루된 자의 감에 불과한 생각이다.)
　오래전 인터넷에서 알고 지내던 사람의 경험에 관한 글이기도 하다. 그는 한 택배 기사와 잠깐 스쳤는데, 그가 아케이드 파이어(당시에는 신인이었다)의 음악을 듣고 있었다고 했다. 그는 이 경험이 어떤 이유에선지 묘했던 모양이었고, 그건 그 이야기를 들은 나도 그랬다.

사연 위조꾼
동네 골동품점에서 사연 있는 브로치를 샀다는 친구의 이야기를 듣고 말했다. "그런 데는 장사를 그렇게 하는군!"

사이버 낚시꾼
낚시 시뮬레이션 게임에 관한 이야기.

사이버 트럭 기사
최근에 그는 결국 사이버 낚시터로 들어왔다.

도망자

니콜라 푸생의 성화 속 푸른색에 눈먼 남자에 관한 헛소리.
언젠가 보았던 니콜라 푸생의 푸른색은 내 기억 속에 지워지지
않는 빛을 남겨두었다.

놀이공원 안내인

놀이공원 내 여러 놀이 기구들에 관한 이야기.
　　　찻잔: 본문에서는 모르쇠 하며 써두었지만, 실제로는
『이상한 나라의 앨리스』의 '미친 다과회'를 모티프로 만든
디즈니랜드의 놀이 기구이다.
　　　보트: 나의 시 「보트」(『철과 오크』)의 일부를 변용한
구절이 있다.
　　　범퍼카: 고등학생 때 수학여행을 용인 에버랜드로 갔었다.
야간 개장 중 친구들과 범퍼카만 타고, 타고, 또 타고, 또 탔던
기억이 선명하다. 계속되는 충돌에 다들 약간 정신이 나갔던 것
같다.
　　　유령의 집: 왜 유령의 집은 자유이용권에 포함되지 않지?
나는 오늘날까지 이것이 의문이며 불만이다.
　　　워터 슬라이드: 이에 관해 쓰면서 추진력을 얻은
오필리아를 연상했다. 도대체 무슨 생각인지 모르겠다.
　　　롤러코스터: 내가 경주월드를 사랑하는 이유. 물론
니카노르 파라의 시도 떠올리지 않을 수 없다. "반세기 동안 /
시는 엄숙한 / 바보들의 낙원이었다. / 내가 와서 / 롤러코스터를
만들 때까지. // 올라가, 그러고 싶으면. / 떨어지며 입과 코로 /
피 쏟아도 난 몰라." 파라의 「러시아의 산(롤러코스터)」 전문.
　　　회전목마: 메리 고 라운드는 롤러코스터, 대관람차와
더불어 놀이공원을 대표하는 놀이 기구이다.
　　　대관람차: 대관람차에 관해서라면 나는 언제나 뉴트럴
밀크 호텔의 노래 〈Ferris Wheel on Fire〉에 묶여 있는 것 같다.
불타오르며 파괴되는 대관람차가 주는 혼란, 공포와 아름다움이
뒤섞인 이미지.

공작원

회사에서 뭔가 그럴싸한 기획을 내놓은 뒤 실천하지 않는 이들이
꽤 많을 것이다. 나도 회사를 다니는 동안 단지 실행하지 않아서
자동 폐기된 기획이 다수 있다. 그러나 그 게으름은, 그 기획을
실행함으로써 회사에 불러올 재앙을 고려해본다면 오히려 회사에
도움이 되는 게으름이다.

택시 기사

게임 〈네오 캡〉은 모든 택시들이 자동화되어 있는 세상에서 저
홀로 인간인 택시 기사에 관한 이야기를 다룬다. 개인 정보를
수집하고 통제하여 모든 것을 광고와 돈벌이로 삼는 기업에 관한
이야기가 특히 흥미로운 게임이다.

야경원

별과 소리에 관한 이야기.

고물상(월드와이드웹의)

유튜브, 트위터, 여타 웹사이트를 떠돌며 '다음에 더 자세히
봐야지'라고 생각하고 담아둔 채로 결국 다시는 보지 않는
자료들이 너무나 많음을 늘 생각하며, 오랜 세월 난잡하게 쌓인
북마크를 한번 정리하면서 쓴 개소리. 렘 콜하스·프레드릭
제임슨의 『정크스페이스 | 미래 도시』가 미약하나마 영향을
주었다.

결정자

나의 개인 식단 결정자가 있었으면 좋겠다.

헌병 수사관

군 복무 중 헌병 부처에서 근무했던 경험에 관한 이야기. 매일
아침마다 사건·사고가 보고되었고, 이 사건·사고를 어느 선까지

어떤 내용까지 공유할지가 논의되었다. 수많은 군인들이
자살했는데 특이하게도 자살 사유 또한 계급별로 어느 정도
범주화가 가능했다. 사병은 주로 가정 환경과 관련된 문제와
군 생활에 관련된 문제. 부사관과 장교는 젊을수록 사랑
문제나 업무 문제, 늙을수록 돈 문제.

세신사

꽤 오래전 전국 여행 중에 목욕탕에서 며칠 머물렀다. 목욕탕
주인의 오지랖, 혹은 배려 덕분에 하루는 목욕탕 세신사와
함께 셋이서 저녁을 먹은 일이 있었다. 이 글에 그때의 추억을
담았다.

나는 아직 세신사를 통해 때를 밀어본 적이 없다. "한 번도
안 밀어본 사람은 있어도, 한 번만 민 사람은 없다"라는 이야기를
들은 적이 있기 때문이다.

책쾌

책쾌는 조선시대의 도서 외판원이라고 할 수 있겠다. 그 수가
꽤 되었던 듯한데, 주린지서(朱璘之書)를 통해 그 일면을 살필 수
있다. 중국의 주린(朱璘)이 쓴 『명기집략』은 조선에서 금서가
되었다. 그 저작이 조선 왕실의 종계(宗系)를 왜곡한 탓이었다.
그러나 이 책은 책쾌를 통해 양반들에게 유통되었고, 이에 영조는
주린이 쓴 『명기집략』, 『청암집』 등을 소지하고 거래한 이들을
잡아 효시하거나 노비가 되게 했다. 이때 처벌받은 벼슬아치와
책쾌의 수가 백여 명에 달했다고 한다.

한편 『완월회맹연』은 조선시대에 한글로 쓰인
대하소설로, 180책이나 되었다. 조선시대 가장 유명한 책쾌였던
조생이 이를 구하기 위해 고생한 이야기가 남아 있다.

고서 감정사

희귀 고서 전문가 레베카 롬니에 관해 생각하며 쓴 이야기.
더불어 성배 탐색에 관한 이야기 중 하나이기도 하다.

사이버 무당

요즘에는 인터넷 방송을 하는 무당들도 많다. 나는 종교를
가지고 있지 않고, 점집에 가본 적이 없으며, 사주, 관상, 별자리
등의 미신을 신뢰하지 않는다. 물론 그것들도 누군가에게는
과학일 것이다. 하지만 이런 생각은 한다. 아주 만약에라도
개인이 마주할 미래의 가능성이 기술적으로 완벽하게 암시될 수
있는 세계라면, 과학적 직업으로서의 무당도 불가능은 아니지
않을까.

213

선지자 (신대륙의)

조지프 스미스의 일대기가 모티프. 모르몬교에 대한 부정적인
감정은 조금도 없음을 밝혀둔다.

사서

도서관 다람쥐라 불리는 얌체 이용자들이 책을 감춰두는 곳이나
방법을 두고 '도토리 서가'라고 부르기도 한다는데, 주로
양쪽 서가의 책 사이 가운데 빈 공간, 또는 책등이 아닌 책배를
보이도록 하여 꽂아둔다고 한다. 그렇게 혼자서만 보고 싶은
책이면 사서 보든지, 아니면 남들과 공정하게 읽을 기회를
나누든지 할 것이지 왜들 그러나 모르겠다. 이런 일화
하나하나에서 단지 책 좀 읽는다고 다 옳게 생각하며 사는 건
아니라는 걸 확인하는 셈이다.

비밀 관리자

말에 관한 헛소리.

바리스타

각주대로 마크 피셔의 『자본주의 리얼리즘』과 경향신문의
기사를 읽고 쓴 이야기.

저격수

미 해병대 저격수 카를로스 헤스콕은 베트남전 당시 단신으로
1.4킬로미터를 포복해 월맹군 작전기지로 잠입해 베트콩 장군을
사살한 뒤 도주했다.

　　겨울전쟁에서 활약한 핀란드 저격수 시모 해위해는
스코프를 사용하지 않은 단거리 저격수로 유명하다.

　　기도문을 읊는 부분은 영화 〈라이언 일병 구하기〉의
저격수 오마주. 배리 페퍼가 분한 이 인상적인 저격수를 많이들
기억하고 계실 듯하다.

기병

카스파르 하우저에 관한 글이다. 그는 19세기 독일 바이에른
왕국의 뉘른베르크에 나타난 괴소년으로, 제6기병연대의
한 대위에게 보내는 편지를 들고 있었다고 한다. 그리고 하우저는
거기에서 몇 문장만 반복해서 말했는데 "난 아빠처럼 기병이
되고 싶어요"와 "말" 그리고 "몰라요"였다고 한다. 페터
한트케의 『카스파』는 카스파를 주인공으로 한 언어 실험극이다.

포크 가수

포크 음악에 관한 내 나름의 정의를 발라드라는 형식에
담아보고자 했다. "앰프와 토마토의 시대"라는 구절은 테오도어
그래칙의 『록 음악의 미학』을 읽다가 보았던 밥 딜런의
일화를 떠올리며 적은 것이다. 과거 아마추어리즘, 순수, 저항의
상징이었던 포크 음악은 당연히 언플러그드로만 연주해야
했는데, 어느 날 촉망받는 젊은 포크 가수 밥 딜런이 기타를
앰프에 연결하는 사건이 일어난다. 흥분한 관객들은 그날
딜런에게 토마토를 비롯한 여러 사물들을 집어 던졌다고 한다.

사랑학자

철학자 캐리 젠킨스는 『사랑학 개론』을 통해 사랑에 관한 여러

연구들을 살피며, 자신의 사랑학을 펼친다. 요약하자면 로맨틱 사랑은 생물학적 사랑과 사회학적 사랑의 성질이 모두 있으며, 어떤 사람 – 배우가 다른 사람 – 캐릭터를 연기하듯이 사랑 또한 당대의 환경에 따라 특정한 사랑의 형태를 연기하고 모방한다는 주장이다. 젠킨스와 달리 나는 사랑이 무엇인지 잘 모른다. 사랑에 관한 이야기를 눈으로 보고 머리로 파악하더라도 그게 그래서 정확히 어떤 것인지 가슴으로는 잘 이해하지 못하는 것 같다. 내가 사랑에 관해 그런 식으로 접근하려고 매번 시도해봤자, 애초에 눈과 머리만으로는 파악할 수 없는 게 있다는 것만을 유일하게 깨닫게 될 뿐이다.

대장장이

대장장이에 관해 쓰려던 중에 유튜브 채널 인어교주해적단의 "50년 경력의 한국칼 장인을 만나고 왔습니다"라는 영상을 참고했다. 그전에는 게임 〈오버워치〉의 대장장이 토르비욘의 이야기를 쓸까, 아니면 헤파이스토스 이야기를 쓸까 고민했다. 대장장이 신 헤파이스토스가 절름발이인 이유로 추측되는 이유 중 하나는, 과거 대장장이들은 철을 정련할 때 비소를 사용했는데 이에 중독되어 장애가 생겼다는 것이다.

호위 무사

언젠가 무협지를 쓰게 된다면 표국의 이야기를 쓰고 싶다고 생각했다. 더불어 이러한 장르불에서 기내되는 싱 역할율 배반하는 일 자체가 특정한 비극을 낳을 수도 있다고도 생각한다. 이런 이야기를 무협지에서 풀기가 의외로 좋은 것이, 기본적으로 무협지는 사랑의 장르이기 때문이다. 연인 간의 정이 중심이고, 무공이니 시대이니 하는 것들이 그 배경을 이루는 것이다. 물론 이들 중 어느 하나가 빠지면 곤란한데, 최근 작품들을 보면 시대가 빠져 있는 것 같아 아쉽다. 시대가 빠지니 비극이 가벼워지고, 정과 사를 논함이 공허해진다. 결국 힘자랑이나 하게 되는 것이다.

아내 (농부의)

각주대로 웬즈데이 마틴의 책 『나는 침대 위에서 이따금
우울해진다』에서 동요를 부르는 아이들에 관한 이야기를 읽고
쓴 이야기.

관리인 (곡물창고의)

이 원고의 상당수는 온오프라인상에서 산발적으로 연재되었는데,
온라인상으로는 주로 필진들이 고료 없이 자발적으로 연재하는
팀 블로그 '곡물창고'를 통했다. 이곳에 연재한 뒤 원고를
모아 300권 자비 출판으로 펴낼 생각이었다. 봄날의책에서 내게
될 줄은 몰랐는데, 어쩌다 보니 그렇게 됐다. 봄날의책에
감사드린다.

학원 학원 원장

거리를 오가며 건물에 숱하게 달린 학원 간판을 보면 개중에는
'이런 것도 가르치나?' 싶은 것들이 있다. 뭐든 배우려는 이들,
교육을 통해 돈을 벌려는 이들, 싫지만 파이팅이다.

인력 관리자

"요즘에는 위조 인간들을 파는 산업까지 생겼다. 〈뉴욕타임스〉의
보도에 따르면, 2018년 초 트위터에서 최초 2만 5000명의
가짜 팔로워를 모으는 데 225달러가 들었다. 그 가짜 계정들은
실존하는 사람들의 자료를 조금씩 가져다가 만든 것이어서
얼핏 보기에는 진짜 같다. 연예인, 사업체, 정치인, 그리고 사이버
세계의 몹쓸 놈들처럼 현대적인 고객층 모두 '가짜 사람' 공장을
이용한다. 가짜 사람들을 만드는 회사들 역시 가짜인 경우가
많다. (…) 만일 사회가 가짜 사람을 기반으로 만들어진다면, 자기
자신이 가짜 사람이 되는 법부터 배워야 할 것이다." 재런
러니어, 『지금 당장 당신의 SNS 계정을 삭제해야 할 10가지
이유』 중.

직업 소개사

직업 전선을 몇 개월간 월간지에 연재 중일 때, 연재의 어려움을 느끼며 쓴 이야기. 꾸준함이란 정말 지켜내기 어려운 덕목이다. 특히 나처럼 아주 게으른 인간에겐 더 그렇다.

저자

내게 일 년의 시간이 더 있었다면 이 글을 쓰지도 않았겠지.

송승언

시를 비롯해 말이 되는 글과 말이 되지 않는 글을 쓴다.

시집 『철과 오크』, 『사랑과 교육』이 있다.

직업 전선

초판 1쇄 발행 2022년 5월 19일
초판 3쇄 발행 2024년 9월 25일

지은이 송승언

발행인 박지홍
발행처 봄날의책
등록 제311-2012-000076호(2012년 12월 26일)
서울 종로구 창덕궁4길 4-1, 401호
전화 070-4090-2193   전자우편 springdaysbook@gmail.com

기획·편집 박지홍
디자인 전용완
인쇄·제책 세걸음

ISBN 979-11-86372-94-4   03810